PAPIER
FRESSERCHEN
MTM-VERLAG
DIE BÜCHER MIT DEM DRACHEN

Impressum:

Alle weiteren Personen und Handlungen des Buches sind frei erfunden.
Ähnlichkeiten mit lebenden oder verstorbenen Personen sind
zufällig und nicht beabsichtigt.

Besuchen Sie uns im Internet:
www.papierfresserchen.de

© 2020 – Papierfresserchens MTM-Verlag + Herzsprung-Verlag
Mühlstraße 10, D- 88085 Langenargen
info@papierfresserchen.de

Erstauflage 2020

Cover gestaltet mit Bildern von
© DanIce (Katze) und © kopecky76 (Flügel) – Adobe Stock lizenziert

Gedruckt in der EU
ISBN: 978-3-86196-840-5 - Taschenbuch
ISBN: 978-3-86196-979-2 - E-Book

Bearbeitung: Marie Meier
Lektorat: CAT creativ - www.cat-creativ.at

Zaubermaus

Ein Katzenengel auf Erden

Band 2

Ingo Schorler

Prolog

So, nun war es endlich so weit, ich konnte meine erste Reise als Katzenengel zur Erde antreten. Das Abenteuer im Katzenhimmel hatten wir alle gut überstanden – dort herrschte nun Frieden und ich konnte mich auf neue Aufgaben konzentrieren. Natürlich tat der Abschied von meinen Freunden weh, denn wir hatten ja viel miteinander erlebt. Doch ich freute mich ebenso auf das, was nun vor mir lag.

Der Katzengott höchstpersönlich hatte mir diese wichtige Aufgabe übertragen, ich sollte Tieren und Menschen auf der Erde helfen, worauf ich mich bereits sehr freute.

Meine erste Aufgabe war es, so hatte mir der Katzengott verraten, für einen kleinen Kater ein neues Zuhause zu finden. Das war sicherlich nicht besonders schwer ...

1

Meine erste Aufgabe auf der Erde führte mich gleich nach der Ankunft in eine kleine Gasse. Als ich aus einer kleinen Kiste ein leises Heulen hörte, rannte ich natürlich gleich zu ihr hin. In der Kiste saß eine kleine verschmutzte Katze. Ich konnte das kleine Geschöpf da natürlich nicht drin lassen und holte es aus der Kiste. Da faucht mich die Katze doch einfach an! Ich bemerkte gleich, dass es ein war Kater. Anscheinend ein sehr zickiger Kater. Nun ja, ich gab dem Kleinen gleich mal eins mit der Tatze, sodass er wusste, dass es so nicht ging. Der kleine Kerl schaute mich mit seinen großen Knopfaugen an. Zuerst machte ich den kleinen Kater sauber – man, was da so alles dran klebte. Dann gab ich ihm erst mal was zu essen. Nach kurzer Zeit sah er richtig süß aus, sein Fell war gestreift mit kleinen Punkten und seine Augen waren grün. Ich wollte nun wissen, wie er heißt und wie er in die Kiste gekommen war.

„Ich bin Lutz und man hat mich weggeschmissen wie Müll", berichtete er. „Meine Ernährer hatten kein Geld mehr für mich und es kam noch hinzu, dass der Vermieter des Hauses, in dem ich wohnte, keine Tiere mochte."

Mir blutete das Herz. Ich beschloss, für den kleinen Lutz ein neues Zuhause zu finden. Er sah richtig süß aus, auch wenn er ein wenig tapsig war. Die Aufgabe war nicht gerade leicht für mich, denn ich kannte mich auf der Erde ja noch nicht aus. Aber irgendwie musste ich es schaffen.

Ich beschloss, mit dem Bus in einen kleinen, vergessen Vorort der Stadt zu fahren, dort war es sicherlich einfacher, ein neues Zuhause für Lutz zu finden.

Als wir in dem Ort ankamen, stand auf einem Schild:

Herzlichen willkommen in Pubs

„Was für ein lustiger Name“, ging es mir durch den Kopf. Langsam, aber sicher bekamen wir Hunger. Ich musste irgendetwas fangen, denn der kleine Lutz hatte auch Hunger. Sein Magen knurrte so laut, dass sogar die Ameisen davonrannten. Aber meine Nase roch was ganz anderes. Es roch Hühnchen.

„Oh wie lecker!“, wollte ich gerade noch sagen. „Lutz, wir bekommen was zu essen!“ Doch da bemerkte ich, dass Lutz nicht mehr neben mir war. Er saß bereits auf einem Fensterbrett und fraß das Hühnchen. Erschrocken sah ich, wie Lutz die Frau hinter dem Fenster nicht bemerkte. „Oh nein, bitte nicht!“, dachte ich nur. Und ehe ich mich versah, traf Lutz auch schon ein Schuh und er flog vom Fensterbrett!

Na, so würde das wohl nie etwas werden mit einem neuen Zuhause. Ich nahm mir den kleinen Kerl zur Brust: „Das geht so nicht, kleiner Freund, du musst dich schon an bestimmte Regeln halten. Haben wir uns verstanden?“ Lutz nickte und versprach mir, brav zu sein.

Wir liefen zu einem kleinen See, um uns dort ein wenig frisch zu machen. Doch was sahen meine kleinen Katzenaugen da? Einen kleinen Jungen, der seine Füße ins Wasser hielt. Ein Stückchen weiter weg saßen die Eltern des Kindes. Was für ein Zufall – oder besser gesagt: Was für ein Glück für mich. Ich gab Lutz einen kleinen Schubs. Lutz lief ganz langsam auf den Jungen zu, doch gerade, als er sich an den kleinen Jungen anschmiegen wollte, fiel er ins Wasser, irgendetwas hatte ihn erschreckt. Der kleine Junge zappelte im Wasser und schrie, doch keiner hörte ihn. Auch seine Eltern hörten ihn nicht, sie waren zu weit weg.

Wir mussten handeln! Ich rief Lutz zu: „Renn schnell zu den Eltern, mach dich bemerkbar! Los schnell, kleiner Kater!“

Lutz rannte, so schnell er konnte, zu den Eltern. In der Zwischenzeit musste ich, Zaubermaus, irgendetwas tun! Sollte ich in Wasser springen? Nein, das ging nicht. Ich suchte einen riesigen Baumstamm und versuchte, ihn ins Wasser zu schmeißen. In der Zwischenzeit erreichte Lutz die Eltern des Kleinen. Er machte einen riesigen Stress, weshalb sie anfangs dachten, er sei tollwütig, bis sie endlich bemerkten, dass er ihnen was zeigen wollte. Und so liefen sie Lutz hinterher zum See.

Mittlerweile hatte ich es geschafft, den riesigen Stamm ins Wasser zu schmeißen, sodass der kleine Junge ihn greifen und sich von alleine rausziehen konnte. Die Eltern waren glücklich, dass nichts Schlimmeres passiert war. Lutz und ich schauten zu, wie die Eltern ihren Sohn trocken rubbelten. Dann kamen sie zu uns, streichelten uns und sagten nur: „Ihr zwei seid Helden, was wäre nur passiert, wenn ihr nicht zufällig hier vorbeigestreunert wärt?"

Ich gab Lutz einen kleinen Schubs. Er lief auf den Jungen zu und schmuste mit ihm. Und ich kann euch sagen – es war Liebe auf den ersten Blick. Auch die Eltern des Jungen fanden den kleinen Kater Lutz niedlich. Dann kamen sie zu mir und wollten mich auch mitnehmen. Doch ich fauchte sie einmal kräftig an und gab ihn zu verstehen, dass sie sich um Lutz kümmern sollten und sich nicht um mich sorgen müssten. Ich glaube, sie verstanden mich. Für Lutz war es wundervoll, dass er in so kurzer Zeit ein neues Zuhause gefunden hatte. Ich spürte, dass es ihm dort gut gehen würde. Ich war glücklich und verabschiedete mich mit den Worten: „Beschütze deine neue Familie, mein kleiner Lutz. Und sei brav." Mit einer Träne im Auge sagte ich dann noch: „Auf Wiedersehen!", und machte mich auf den Weg in ein neues Abenteuer!

2

Nachdem ich mich die Nacht über ausgeruht hatte, fühlte ich mich am nächsten Morgen, als ich wach wurde, schon sehr komisch. Irgendwie musste ich mich im Schlaf verändert haben. Ich konnte plötzlich aufrecht laufen. Dann sah ich in den Spiegel ... und sah eine junge Frau in Tierarztkleidung. Aber wie konnte es sein, dass ich jetzt ein Mensch war und wie war ich hierhergekommen? Denn als ich mich umsah, stellte ich fest, dass ich nicht mehr an meinem Schlafplatz vom Abend zuvor lag, sondern mich in einem schmucken kleinen Zimmer befand.

Plötzlich rief jemand: „Hey, Manu, sei nicht so faul, du wirst hier nicht fürs Rumstehen bezahlt! Die Hundekäfige und die Katzenkäfige müssen noch gereinigt werden!"

Ich sah mich um. Der Typ musste mich meinen, denn außer mir war hier niemand. Ich tat also so, als wüsste ich, um was es ging, und lief zu ihm hin. Ich grüßte den älteren Mann freundlich und ging in die Richtung, die er mir mit der Hand wies.

Oh mein Gott, mir wurde fast übel, als ich mir die Käfige schließlich etwas genauer ansah – aber ich erspare euch lieber die Einzelheiten. Nun wusste ich auch, warum ich hier war. Einige Hunde sahen verhungert aus und auch die Katzen machten keinen guten Eindruck. Ich kochte vor Wut und lief gleich zurück zu dem Mann.

Da saß er nun, mein sogenannter Chef. Mit einer dicken Zigarette im Mund zählte er sein Geld. Er schaute mich nur an und fragte: „Ist was Manu?"

„Ob was ist? Das fragen Sie mich? Haben Sie eigentlich mal gesehen, wie Ihre Tiere hier leben?"

Mein Chef lachte nur und antwortete: „Wenn es dir nicht passt, kannst du ja gehen! Es gibt genug, die deinen Job machen würden!"

Ich entschloss mich, den armen Tieren zu helfen. Zuerst fing ich an, nach und nach die Käfige von Grund auf sauber zu machen. Aber alleine schaffte ich das nicht, ich brauchte Hilfe. Plötzlich stand mein Chef vor mir und schrie mich an, was ich denn da täte? Ich schrie zurück – oder war es wohl mehr ein Fauchen –, denn mein Chef ergriff auf einmal schreiend die Flucht. Oje, nun wusste ich auch, warum: Ich hatte für einen kurzen Moment einen Katzenkopf gehabt. Manchmal war es doch recht praktisch, Zaubermaus zu sein.

Die vielen Tiere brauchten meine Hilfe, das war klar! Ich begann nun, nachdem die Käfige sauer waren, einige Tiere vom Schmutz zu befreien. Einigen musste ich leider auch das komplette Fell scheren, sodass sie nackt waren. Aber sie spürten, dass ich es nur gut mit ihnen meinte. Nach getaner Arbeit sah hier alles blitzsauber aus und ich freute mich gemeinsam mit den Tieren sehr darüber.

Eines Nachts hörte ich ein komisches Geräusch – irgendetwas stimmte nicht. Ich rannte raus und sah Feuer. Ein Teil des Tierheimes stand in Flammen! Mein einziger Gedanke galt den Tieren. Ich musste irgendetwas tun und rief: „Bitte, Katzengott, tu, was du kannst! Du kannst doch nicht all die Tiere sterben lassen!"

Aber es passierte nichts. Stattdessen standen bald darauf acht Feuerwehrwagen vor der Tür, die das Feuer schnell unter Kontrolle hatten.

Plötzlich hörte ich eine Stimme: „Lasst mich los, ihr Mistkerle, ich mach euch alle fertig!"

Ich traute meine Augen nicht. Es war mein eigener Chef, der das Feuer gelegt hatte. Ihn hatte ich seit unserer kurzen Auseinandersetzung nicht mehr gesehen. Doch jetzt war er wieder da. Bei der Untersuchung zur Brandursache kam übrigens heraus, dass er Versicherungsbetrug begehen wollte, um dann mit dem ganzen Geld zu flüchten. Das war ihm nicht geglückt ...

Aber nun standen wir da – ein Teil des Gebäudes war durch das Feuer zerstört. Und einige Tiere hatten dadurch ihre Unterkunft verloren. Meine Aufgabe hier war wirklich nicht gerade einfach, aber irgendwie musste ich was tun. Es vergingen Wochen und Monate, bis ich es schaffte, die Gebäude wieder auf Vordermann zu bringen. Ich hatte inzwischen einige Mitstreiter gefunden, die Zeitungen hatten über die Missstände berichtet und deshalb hatten viele Menschen Geld gespendet. Durch die Spenden konnten alle Tiere wieder in ihre Unterkunft zurückgebracht werden. Ein toller Erfolg!

Eines Tages stand ein junger Mann vor mir. Er fragte mich, ob ich nicht einen Job hätte, er würde Tiere über alles lieben.

„Darf ich fragen, wie du heißt?"

„Klar, ich heiße Mick".

„So, Mick heißt du also. Nun ja, dann zeig ich dir mal das Tierheim, okay?" Ich machte mit Mick einen ausgiebigen Rundgang. Dabei achtete ich natürlich auf das Verhalten der Tiere. Und mir schien, dass sie ihn mochten. Von da an arbeiteten wir zusammen. Nach und nach stellten wir weitere Hilfskräfte ein, die sich ausschließlich um die Hunde und Katzen kümmerten. Mick arbeitete sich im Laufe der Monate super ein, er war voller Elan und hatte viele gute Ideen, die wir gemeinsam umsetzen.

Wir nahmen ab einem bestimmten Zeitpunkt dann nicht nur Hunde und Katzen auf, nein, wir nahmen jedes Tier auf, das unsere Hilfe brauchte, und das Tierheim wurde deshalb sogar weiter ausgebaut. Dank der Spendengelder, die nach dem Brand eingegangen waren und der Zuwendung durch eine große Firma, die ich hier aber nicht nennen möchte, war uns dies gelungen, ohne dass wir uns verschulden mussten.

Irgendwann kam auch der Augenblick, in dem mir klar war, dass ich Mick zum Chef ernennen wollte. Ich ging zu Mick und fragte ihn, was er jetzt sagen würde, wenn er ab heute neuer Chef des Tierheims wäre.

Er sah mich erstaunt an. „Manu, das ist doch nicht dein Ernst?"

„Oh doch, es ist mein Ernst, du hast hier so viel Herz und Liebe hineingesteckt, die Tiere lieben dich! Ich spüre, dass du der Aufgabe gewachsen bist."

Mick war außer sich vor Freude. Er sagte nur: „Ja, ich mach es, sehr gern sogar!“

Die Tiere freuten sich sehr darüber, denn sie wussten, dass es ihnen von nun an immer gut ergehen würde.

„Sollte ich je hören, dass du sie nicht gut behandelst, komm ich zurück“, gab ich ihm mit auf den Weg.

Mick schwor mir, dass es nicht so weit kommen würde. Doch als Mick sich zu mir umdrehen wollte, war ich schon weg. Denn auf mich wartete bereits eine neue Aufgabe. Wer hätte je gedacht, dass Zaubermaus auf der Erde so viel zu tun haben würde.

3

Mein nächster Auftrag sollte jedoch weitaus schwieriger werden. Er führte mich, wieder in der Gestalt einer Katze, in eine kleine Stadt. Ich lief gerade an einem alten Wohnblock vorbei, als ich lautes Geschrei hörte und sah, wie vier Männer mit Knüppeln aus dem Haus kamen und schrien: „Euch schmeißen wir noch raus!“

Ich blieb stehen und schlich mich ganz langsam an, dann sah ungefähr zehn ältere Menschen, die am Boden zerstört waren. Ich gab ein leises *Miau* von mir und schnurrte ganz laut, bis mich eine ältere Dame sah und rief: „Schaut mal, eine Glückskatze!“ Ich hörte den Leuten ein wenig zu, die verzweifelt über ihre Sorgen berichtetet, und beschloss schließlich, für sie einen Anwalt zu suchen.

Aber wie sollte ich das als Katze schaffen? So überlegte ich, dass ich einen der älteren Männer dazu bringen musste, mir zu folgen. Das nicht ganz einfach, denn die Menschen wollten das Gebäude nicht verlassen. Also beschloss ich, doch selbst loszuziehen. Was mein Glück war oder auch nicht, denn als ich rauslief, stolperte eine junge Frau über mich. Sie rief nur: „Kannst du nicht aufpassen, Katze?“

Ich sah auf ihre Unterlagen, auf denen stand: *Anwältin für Immobilienrecht.*

Oh, war das jetzt Zufall? Oder Glück? Vielleicht war ich ja wirklich eine Glückskatze, wie die Frau gesagt hatte. Ich musste die Anwältin unbedingt dazu bringen, mir zu folgen. Ich legte mich einfach auf die Unterlagen, die sie gerade auf einem alten Stromkasten abgelegt hatte. Die Anwältin war davon nicht gerade begeistert, aber das war mir egal. Ich musste sie einfach überzeugen, also schnappte ich mir ein wichtiges Stück Papier aus ihrer Mappe und rannte ins Haus zu den älteren Menschen.

Sie folgte mir und stand schon einen Augenblick später vor den Bewohnern dieses alten Hauses. Sie sah die traurigen Augen, aber auch die verwüstete Einrichtung und war schockiert darüber, was sie erblickte. Ihr Entschluss stand schnell fest, sie wollte den älteren Menschen helfen. Sie erzählte ihnen, dass sie Anwältin sei und ihnen gern helfen würde.

Doch die Alten antworteten ihr: „Wie sollen wir Sie bezahlen? Wir haben doch selbst kaum etwas! Was wir haben, reicht gerade mal für die Miete und das Essen."

Die Anwältin sagte nur: „Machen Sie sich mal keine Sorgen, ich werde Ihnen nichts verrechnen!"

Ich sah, wie glücklich die Alten waren, aber damit war mein Auftrag noch nicht zu Ende, ich musste dem Immobilienhai das Handwerk legen, der hier seine Hände im Spiel hatte, aber dazu brauchte ich auch die Hilfe der Anwältin.

Zuerst einmal war herauszufinden, was das für ein Mensch war, der unbedingt das Haus haben wollte – und das um jeden Preis. Also versuchte die Anwältin, herauszufinden, worum es sich handelt. Natürlich ließ ich sie Frau nicht mehr aus den Augen, schließlich wollte ich ja alles aus erster Hand wissen. Langsam gewöhnte sie sich an mich und hatte auch nichts dagegen, dass ich überall mit ihr hin ging.

Als wir eines Tages wieder mal zusammen unterwegs waren, hielt plötzlich eine schwarze Limousine neben uns. Das Fenster ging runter und eine Stimme rief: „Lassen Sie die Finger von diesem Gebäude. Und vor allem: Lassen Sie die Schnüffelei, es wird Ihnen nichts bringen!"

Sollte das jetzt einer Drohung sein? Ich glaubte zunächst, meine Katzenohren hätten wohl nicht richtig gehört. Hoffentlich hatte ich die Anwältin nicht in Gefahr gebracht, nun musste ich doppelt aufpassen. Zum Glück ließ sich die Anwältin jedoch nicht einschüchtern und antworte den Männern: „Überlegen Sie sich jetzt ganz genau, was Sie noch sagen! Ich glaube, Sie wissen gar nicht, wer ich bin?" Die Scheibe ging wieder hoch und die Limousine fuhr davon.

Puh, was war das denn? So ganz wohl war mir bei der Sache nicht, ich hätte zu gern gewusst, wer die Anwältin wirklich war, und rief: „He, du da!“

Sie drehte sich um. Hatte sie mich etwa gehört? Also rief ich noch einmal: „Hallo, hier unten sitz ich!“

Sie erschrak. Nun ja, ich muss zugeben, man sah ja nicht jeden Tag eine Katze, die reden konnte. Aber Moment mal – ich konnte in Menschensprache reden? Das überraschte mich jetzt aber auch.

Die Anwältin kniete sich zu mir runter und schaute mir in die Augen. „Du kannst also reden? Ich bin Maria und wer bist du, liebe Katze?“

„Mein Name ist Zaubermaus“, antwortete ich ihr. „Und ich hoffe, Maria, ich hab dich nicht allzu sehr erschreckt, ich würde dir und den alten Leutchen gern helfen, den Immobilienhai zur Strecke zu bringen. Aber wir müssen erst mal herausfinden, wer dieser Kerl ist, der hier die Gegend unsicher macht!“ Was natürlich nicht so einfach werden würde, das wusste ich schon.

Aber zusammen waren wir unschlagbar und fanden bald heraus, dass seit einigen Jahren ein Grundstück nach dem anderen hier in der Umgebung verkauft wurde. Nur an ein Grundstück kam dieser Typ nicht ran – an das, auf dem das Haus stand, in dem die alten Menschen wohnten. Dieses alte Haus stand nämlich unter Denkmalschutz. Kein Wunder also, dass der Spekulant mit allen Mitteln versuchte, die Alten rauszuekeln, um dann weitere Schritte einleiten zu können.

„Wir müssen das verhindern“, sagte ich zu Maria. Wir machten uns nun also wieder auf den Weg zu den alten Herrschaften, auch wenn Maria ein wenig unwohl war nach dem Gespräch mit dem Immobilienhai. Ich sprach Maria erneut an und sagte zu ihr: „Maria wir schaffen das!“ Sie schaute mich ungläubig an. Vermutlich konnte sie noch immer nicht glauben, dass eine Katze sprechen konnte.

Als wir an besagtem Haus ankamen, standen vor dem Gebäude Krankenwagen und Feuerwehr. Was war nur passiert?

Schnell wurde uns klar, dass irgendeiner versucht hatte, das Haus anzuzünden. Als die Alten das Feuer bemerkten und löschen wollten, verletzten sich einige von ihnen.

„Das können nur die Handlanger des Immobilienhais gewesen sein", ging es mir durch den Kopf. Maria wollte unterdessen wissen, was passiert war.

„Da waren drei Männer und sie warfen einfach Brandsätze hier bei uns rein und rannten anschließend die Straße runter", erklärte uns einer der Männer. Er war völlig außer sich.

Ich stupste Maria an und gab ihr zu verstehen, dass ich mal so meiner Wege gehen würde. Ich verschwand also und lief die Straße runter. Und richtig – mein Gefühl hatte mich wieder einmal nicht getäuscht! In einer Seitengasse sah ich die Limousine, die uns zuvor verfolgt hatte. Ich sah, wie eine Tüte mit Geld übergeben wurde, konnte mehr aber nicht erkennen. Ich nahm Anlauf und schnappte mir mit einem gekonnten Katzensprung die Tüte mit dem Geld. Die Herrschaften konnten gar nicht so schnell reagieren. Sie rannten zwar hinter mir her, jedoch ohne Erfolg. Ich fand eine kleine Nische, in der ich mich verstecken konnte, und schaute in die Tüte. So viel Geld hatte ich noch nie gesehen. Aber nun musste ich wieder zurück zu Maria und den älteren Leuten.

Endlich dort angekommen, übergab ich das viele Geld an Maria. Auch sie war überrascht von der gewaltigen Summe. Aber noch war die Gefahr nicht vorbei, die Alten waren verängstigt, wollten hier aber immer noch nicht weg. Maria und mir wurde richtig schwer ums Herz, das Haus sah auch nicht mehr so schön aus, kein Wunder, es war ja seit Jahren nichts mehr daran gemacht worden. Wir entschlossen uns, das Haus und die Wohnungen wieder herzurichten. Maria kümmerte sich um die Genehmigungen für den Umbau. Geld hatten wir ja nun genug.

Nach einigen Monaten war das Haus wieder richtig schön, man konnte endlich wieder gut darin wohnen. Aber die Freude darüber sollte nicht lange währen, denn noch am selben Tag bekamen wir Besuch von einer gemeinen Schlägerbande.

Die Dämmerung war gerade hereingebrochen und die Sonne ging unter, da nahm das Unheil seinen Lauf. Vermummte Männer stürmten das Gebäude. Maria bekam eins über die Rübe gezogen und blieb am Boden regungslos liegen. Die Alten versteckten sich, so schnell sie es nur konnten, all die schöne Arbeit der letzten Monate aber wurde zerstört.

Und ich, Zaubermaus, musste alles mit ansehen. Das war zu viel für mich, mein Zorn wurde so groß, dass ich plötzlich riesengroß wurde. Ich packte mir jeden dieser Männer und einige der Einbrecher flogen anschließend in hohem Bogen durch die Scheiben. Auf einmal hörte ich einen von ihnen rufen: „Achtung, schnell weg, die Polizei kommt!"

Nein, dieses Mal kamen sie mir nicht davon, das alles musste endlich ein Ende haben. Ich stellte mich direkt vor die Einbrecher und sie riefen nur ganz erschrocken: „Tu uns bitte, bitte nichts an!"

Wahrscheinlich hätte ich in meiner derzeitigen Form vor mir selbst Angst gehabt. Nun brüllte ich sie noch so laut an, dass sie umfielen. Dann war der Spuk vorbei. Nach und nach bekam ich meine normale Größe zurück. Gleich legte ich mich zu Maria, um sie warm zu halten. Sie war so tapfer gewesen und hatte sich bei dem Angriff gleich vor die älteren Menschen gestellt.

Kurz darauf traf die Polizei ein und nahm die Ganoven fest. Sie redeten alle wie am Fließband und packten aus, sodass die Handschellen beim Immobilienhai noch am selben Abend *Klick* machten.

Und was ich nicht vergessen darf: Maria hat sich natürlich gut erholt und alles gut verarbeitet. Von dem Geld, das wir den Ganoven abgenommen hatten, war noch ein wenig über, sodass wir die neuen Schäden damit beheben konnten. Als alles fertig war, hatte Maria noch eine ganz besondere Überraschung. Sie kam mit einem Schriftstück an, in welchem stand, dass die alten Menschen ein Wohnrecht auf Lebenszeit in diesem Haus hätten. Sie brauchten sich also nie wieder Gedanken um ihre Wohnungen zu machen. Geld hatten sie jetzt auch genug, denn von dem Ganovengeld war noch immer eine nicht zu kleine Summe übrig.

Wir waren alle den Tränen nah, als wir Abschied nehmen mussten. Maria sagte mir noch: „Du wirst mir fehlen!“ Doch bevor sie sich alle umdrehten, war ich auch schon wieder fort. Denn auf mich wartete schon wieder ein neuer Auftrag ...

4

Nach einigen Tagen meiner Reise kam ich in einen kleinen Ort namens Glück. Es war eine kleine Stadt und alle schienen glücklich zu sein, aber irgendwie fühlte ich mich nicht so wohl wie sonst. Andauernd musste ich mich kratzen und zum Pinkeln hob ich immer das Bein – das hatte ich ja noch nie gemacht! Oder war das wieder einmal so eine blöde Idee von dem da oben?

Hunger hatte ich nun auch, irgendwo roch ich heiße Würstchen. Das kam mir sehr komisch vor. Als ob Katzen Würstchen essen würden? Ich hatte das jedenfalls noch nie gemacht. Trotzdem lief ich ganz vorsichtig in einer Fleischerei hinein, doch was mich da erwartete, war nicht sehr schön. Gerade als ich mir eine Wurst schnappen wollte, rief einer: „Hau ab, du blöde Töle!"

Wie hat der mich gerade genannt? Ich war doch kein Hund! Doch da erblickte ich mich auf einmal im Schaufenster des Ladens und musste zu meinem Erschrecken feststellen: Ich war wirklich ein Hund! Oh nein, was sollte das denn schon wieder? Der Katzengott hatte tatsächlich kein Mitleid mit mir. Hundegestalt, wie grässlich!

Ich rannte, so schnell ich konnte, in eine dunkle Gasse. Im Maul trug ich sieben Würstchen, die ich mir vor dem Rauswurf noch geschnappt habe. Plötzlich hörte ich ein leises Brummen und Stöhnen. Ich bellte laut und fletschte die Zähne, schließlich sollte mir ja keiner die Würste klauen. Dann sah ich, dass aus einer kleinen Kiste ein alter Mann kroch. Sein Magen knurrte lauter als meiner. Seine Augen schauten traurig aus, vollkommen leer. Er schaute mir direkt in meine Hundeaugen. Nun ja, er tat mir ja schon irgendwie leid. Deswegen beschloss ich, ihm fünf Würste zuzuschieben, die der alte Mann mit einem *Happ* aufaß. Doch dann hörte ich lautes Geschrei von Weitem. Es waren Jugendliche, die nur darauf aus waren, irgendwas anzustellen – und so war es auch. Sie sahen den alten Mann und beschimpften ihn auf übelste Weise. Sie traten ihn sogar.

Das war für mich zu viel. Ich rannte auf die Jugendlichen zu und stellte mich schützend vor dem alten Mann. Plötzlich zog einer der Jugendlichen eine Waffe und zielte auf uns, die andern hatten wohl die Hosen voll und rannten weg. Kein Wunder bei den Bisswunden, die sie von mir bekommen hatten. Manchmal war es vielleicht doch gar nicht so schlecht, ein großer, bissiger Hund zu sein. Als Katze hätte ich hier wahrscheinlich wenig ausrichten können.

Doch jetzt ich musste mich auf den Typen mit der Schusswaffe konzentrieren, denn er stellte eine viel zu große Gefahr dar. Ich sprang ihn an und biss ihn in die Hand, doch leider löste sich ein Schuss, sodass der alte Mann von einer Kugel gestreift wurde. Irgendein Anwohner hörte dies und alarmierte die Polizei. Ich hielt den Jugendlichen so lange fest, bis die Polizei kurze Zeit später eintraf. Die Handschellen klickten und der Übeltäter wurde verhaftet, seine Komplizen wurden zwei Ecken weiter gefasst.

Ich zerrte einen Polizisten zum alten Mann und versuchte, ihm klarzumachen, dass er Hilfe braucht. Wenige Minuten später traf auch schon der Krankenwagen ein und nahm den alten Mann mit. Natürlich sprang ich mit in das Fahrzeug. Es gab es nur ein Problem – der Alte hatte keine Krankenkarte und war auch nicht versichert.

Aber als ob es mein Katzengott erahnt hätte, stand vor dem Krankenhaus eine ganze Horde Reporter, die von irgendwem über die heldenhafte Tat eines Hundes, der einem alten Mann das Leben gerettet hatte, informiert worden waren. Anfangs wollten die Ärzte den Alten gar nicht aufnehmen, denn ohne Geld keine Behandlung, aber innerhalb von Minuten spendeten wildfremde Menschen Geld für die Behandlung des alten Mannes.

Ich saß Tage und Nächte an seinem Bett und wachte über ihn. Jeden Tag kamen neue Spenden an, ich glaube, vielen Menschen tat der alte Mann einfach nur leid. Ich hatte herausgefunden, dass er seine ganze Familie bei einem Unfall verloren hatte – seine Frau und auch seine drei bildhübschen Töchter. Danach hatte er alles verloren, weil er nicht mehr in der Lage gewesen war, zu arbeiten und Geld zu verdienen. Irgendwann war er dann auf der Straße gelandet, wo ich ihm begegnet war.

Nach und nach erholte er sich nun wieder und kam langsam zu Kräften. Seine Augen strahlten wieder vor Glück. Ich leckte seine Hand, um ihn zu zeigen, dass alles gut würde.

Er flüsterte mir leise ins Ohr: „Danke. Ohne dich wär ich vielleicht jetzt tot."

Ich schaute ihn an und leckte ihm einmal übers Gesicht. Er lachte und sagte: „Ist ja gut, ich lebe ja! Ich muss zwar noch ein wenig hierbleiben, aber wenn ich rauskomme, beginnt ein neues Leben – und das nur dank deiner Heldentat! Denn nur dadurch hab ich jetzt so viel Geld, dass ich mir eine Wohnung leisten kann. Und außerdem hat mir jemand Arbeit als Nachtwächter angeboten."

Oh, was für eine Freude! Ich war nun auch glücklich, dass es dem alten Mann in Zukunft gut ergeht würde. Zum Abschied sagte er zu mir: „Wie eine so kleine Katze so tapfer sein kann."

Ich schaute ganz verdutzt. Wie ... Katze? Dann schaute ich an mir herunter, um festzustellen, dass ich tatsächlich meinen alten Körper zurückhatte. Welch ein Glück, denn immer hätte ich als Hund nicht leben wollen.

„Mach's gut, Zaubermaus! Und alles Gute weiterhin!", rief er mir nur noch hinterher. Denn ich war schon wieder auf dem Weg in ein neues Abenteuer ...

5

In der nächsten Stadt, in die ich kam, war es sehr ruhig, kaum einer war auf der Straße. Ab und zu brauste ein Auto an mir vorbei, aber mehr auch nicht. Erst nach Stunden hörte ich jemanden rufen: „He, Sheriff!“ Na, mich konnte er ja nicht meinen, ich war eine Katze – das dachte ich zumindest. Dann rief die Stimme erneut: „He, Sheriff, anstatt hier nur rumzulaufen, kümmere dich mal um die Schmierereien an meinen Laden.“

Ich konnte es mal wieder nicht glauben. Im Schaufenster sah ich wirklich einen jungen Mann mit einem Sheriffstern an seiner Brust! Oh man, was sollte das nun wieder! Im Katzenhimmel hatte sich ja schon so manches Abenteuer erlebt, aber hier auf Erden ging es mindestens so turbulent zu, wie in der Hölle. Denn da war ich auch schon gewesen. Es half alles nichts, dieses Mal war ich also ein junger Gesetzeshüter mit einem Stern an der Brust. Plötzlich hörte ich ein Kind, welches mich ganz erstaunt ansah, rufen: „Schau mal, Mama, eine Katze, die als Sheriff verkleidet ist.“

Die Mutter schimpfte mit den Kleinen: „Wie kannst du den Sheriff als Katze beschimpfen. Sag bitte Entschuldigung zu ihm.“

„Aber Mama ...“ Doch die Mutter zog ihren Sohn ohne ein weiteres Wort einfach weg.

Für mich hieß das aber, dass die Erwachsenen mich als Mensch wahrnahmen und nur Kinder mich noch als Katze sehen konnten. Interessant.

Ich sah mir nun die beschmierte Wand an, auf welcher stand:

Weg mit dem alten sturen Opa.

Oje, das war nun gar nicht nett. Ich ging in den Laden und fragte, ob vielleicht jemand wüsste, wer das gewesen sein könnte?

„Mensch, Jo, wie lange bist du nun schon Sheriff in unsere Stadt? Zehn Jahre? Langsam müsstest du ja wissen, wer das macht!"

„Mensch ja, du hast recht, ich werde mir gleich die Kinder vorknöpfen!"

„Warum die Kinder? Die waren es nicht!"

Woher sollte ich das denn auch wissen, dachte ich mir so im Stillen. Der Katzengott hätte mich tatsächlich besser auf diesen Job vorbereiten können.

„Es sind unsere lieben Stadtbewohner, die den alten sturen Opa Franz loswerden wollten!"

Ich musste unbedingt herausfinden, warum das so war. Vor allen Dingen aber, wer Opa Franz war.

Ich sah mir die Schmierereien noch einmal genau an. Tatsächlich – mit knallgrüner Farbe stand es da. Einige Mitbewohner versuchten bereits, das Geschmiere wegzumachen, als plötzlich von oben kaltes Wasser die Bewohner traf. Ich selbst konnte gerade noch einen Schritt zur Seite machen, sodass ich zum Glück nichts abbekam. Und das war gut so, denn das, was da verschüttet worden war, war kein Wasser. Es roch eher nach … Pipi.

Die Leute, die sich um die Schmiererei gekümmert hatten, riefen mir zu: „Tut endlich was gegen den alten sturen Sack!"

Mir blieb in dieser Situation aber erst einmal nichts anderes übrig, als ihn mit Handschellen abzuführen, nachdem ich in seine Wohnung vorgedrungen war.

Der Mann versuchte sich bei seiner Verhaftung zu wehren. Er trat, spuckte und warf sogar sein Gebiss nach mir. Aber es half nichts, ich nahm ihn fest und schloss ihn wenig später in die Zelle meiner Polizeistation ein, die nur wenige Häuserblocks entfernt lag.

Sein Name – Franz –, der kam mir schon sehr bekannt vor. Ich versuchte, mit ihm ins Gespräch zu kommen. Ich glaube, ich redete den ganzen Abend auf ihn ein. Doch das Einzige, was er machte, war, dass er durch die Gitterstäbe spuckte. Und er zeigte mir immer wieder einen Stinkefinger! Irgendwann flippe er vollkommen aus und rief nur: „Lasst mich hier raus, bitte, ich halt es hier nicht aus, hört ihr nicht das Geschrei und die Schüsse! Los, lasst mich raus!“ Plötzlich entwickelte er so viel Kraft, dass er die Gitterstäbe leicht auseinanderbiegen konnte. Ich musste handeln, bevor er sich noch irgendwie verletzte.

Also ließ ich ihn raus. Sofort griff er mich an. Der liebe Katzengott, er möge mir verzeihen – ich verpasste Franz einen rechten Haken, sodass der alte Opa zu Boden fiel. Ich musste natürlich handeln und rief einen Krankenwagen. Zum Glück kam der gleich und man transportierte Franz ins Krankenhaus. Dort stellte man bald fest, dass er einen kleinen Tumor hatte, der auf einigen Nerven lag. Dies hatte dazu geführt, dass er in den letzten Monaten kaum etwas hatte hören können. Zum Glück war der Tumor gutartig und konnte entfernt werden.

Viele seiner Nachbarn fragten sich, nachdem Franz operiert worden war, ob er deswegen zu allen in der Vergangenheit stur und aggressiv gewesen war? Einige hatten auch ein schlechtes Gewissen, weil sie sich nie um ihn gekümmert hatte, obwohl sie alle wussten, wie einsam er war. Vielleicht wär alles anders gelaufen, wenn sie sich mehr um ihn gekümmert hätten.

Es vergingen Monate bis der alte Mann wieder nach Hause durfte und endlich wieder richtig hören konnte. Sein erster Gang war zu mir ins Sheriffbüro. Er bedankte sich bei mir und es tat ihm sehr leid, was er getan hatte. Er sagte mir, dass er noch heute die Stadt verlassen würde, um irgendwo ein neues Leben anzufangen. Aber vorher wolle er sich noch von allen verabschieden. Ob ich nicht mitkommen wolle? Ich sagte nur, dass ich gekündigt habe und auch fortgehen würde. Er schaute nur traurig und drückte mir zum Schluss die Hand. Dann drehte er sich um und ging.

Ich machte mich noch am selben Tag auf den Weg. Den Sheriffstern hatte ich abgelegt, meine Aufgabe war erfüllt. Bald darauf saß ich am Straßenrand, hoffte darauf, dass mich vielleicht einer sah, Mitleid hatte und mir ein neues Zuhause gab. Ich war wieder Katze – und sehr froh darüber.

Tatsächlich kam nach einer Weile ein kleiner Transporter auf mich zu. Doch gerade als ich dachte, er würde anhalten, raste er an mir vorbei und ich stand in einer riesigen Staubwolke. Oh, war ich sauer! Nun ja, gerade als ich mich vom Staub befreien wollte, stand der Transport nun doch da, der Fahrer öffnete die Beifahrertür. Ich rannte zum Auto und sprang rein. Ihr werdet nicht glauben, wer am Steuer saß. Es war der alte Mann, richtig es war Franz, dem ich erst vor Kurzem geholfen hatte. Er streichelte mich ganz lieb und ich fing an zu schnurren. Ich überlegte kurz, ob er sich wohl erschrecken würde, wenn ich mit ihm sprechen würde? Ich probierte es einfach und sagte: „Franz, ich bin's Zaubermaus!"

Franz fing an zu lachen. „Ja, ich weiß, wer du bist! Und ich weiß mehr, als du vermutest. Und da der liebe Gott der Meinung war, du könntest bei deinen Aufgaben ein wenig Hilfe gebrauchen, bin ich jetzt da und an deiner Seite."

„Wie, gibt es noch einen Gott?", fragte ich.

„Ja, den Gott der Menschen natürlich!"

Bevor ich noch etwas sagen konnten, standen wir auch schon mitten in einer neuen Herausforderung. Wir wurden von Feuerwehrwagen überholt. Ich zählte acht Löschzüge, die an uns vorbeisausten. Wie von Zauberhand wurde aus Franz plötzlich ein Brandmeister. Aber ich blieb dieses Mal in meiner Katzengestalt, zum Glück auch.

Wir hielten an einem mehrstöckigen Wohnblock, welches in Flammen stand. Die Feuerwehrleute waren schon dabei, ihr Bestes zu geben und versuchten, das Feuer zu löschen. Unser Glück war, dass niemand zu Schaden kam, doch leider konnte das Gebäude nicht mehr gerettet werden. Da Franz Brandmeister war, musste er herausfinden, was passiert war und wie es zu dem Brand hatte kommen können. Und da ich ja auch neugierig war, schlich ich mich natürlich ins Haus. Oh man, war das ein Gestank dort, alles roch nach Rauch und Asche. Ich musste aufpassen, dass ich von dem einsturzgefährdeten Haus nicht begraben werde. Band darauf bemerkte ich, dass es nicht nur nach Rauch, sondern irgendwie auch nach Benzin roch. Ich gab einen lautes *Miau* von mir, zum Glück hörte es Franz. Er schimpfte zunächst mit mir und fragte, was ich in dem Haus zu suchen hätte. Dann nahm er mich auf dem Arm und trug mich wieder nach draußen. Dort warteten seine Kollegen auf ihn. Sie sagten, dass dies nun der fünfte Brand in dieser Woche gewesen sei. Bisher habe es zum Glück keine Opfer gegeben. Es wäre aber nur eine Frage der Zeit, bis Menschen verletzt werden würden. „Wir sind schon seit geraumer Zeit auf der Spur des Brandstifters, aber leider bisher ohne Erfolg." Sie berichteten weiter, sie den Mann schon seit Monaten verfolgen und er von Stadt zu Stadt ziehen würde.

„Wir müssen ihn aufhalten", dachte ich mir. Doch kaum war dieser Brand gelöscht, gab es von der Zentrale einen neuen Einsatzbefehl. Ich rief Franz zu: „Fahr du los, ich schau mich hier noch um!"

Doch leider fand ich keine weiteren Hinweise. Also machte ich mich alleine auf den Weg zur Feuerwache. Irgendwie hatte ich ein ganz blödes Gefühl, als ich vor der Tür der Wache saß und auf die Feuerwehrleute wartete – natürlich auch auf Franz.

Es war schon sehr spät, als der Löschzug wieder eintraf. Alle stiegen mit versteinerter Miene aus und liefen an mir vorbei, als ob ich Luft wäre. Ich schaute an mir herunter und stellte fest, dass ich dieses Mal ein junger Mann in Feuerwehruniform war. Zaubermaus hatte sich also wieder einmal verwandelt.

Ich lief hinter den anderen her in den Aufenthaltsraum und sah, wie niedergeschlagen alle waren. Ich räusperte mich kurz und fragte: „Wo ist Franz?"

„Franz hat es nicht rechtzeitig geschafft, aus dem brennenden Haus zu laufen. Wir hatten keine Chance mehr, das Gebäude zu retten, also ließen wir es runterbrennen, doch unser Brandmeister hörte Stimmen im Haus. Er rannte hinein und wollte die Leute retten, wir konnten ihn nicht aufhalten. Es tut uns leid ... Franz ist nicht mehr unter uns!"

„Soll das heißen, Franz ist tot?"

„Ja, er ist tot!", rief ein Mann mit energischer Stimme. „Es wäre meine Aufgabe gewesen, die Menschen aus dem Haus zu holen und nicht seine. Ich hätte jetzt dort liegen müssen und nicht er!“

Ich fragte nach dem Brandort.

„Zwei Häuserblöcke entfernt von hier“, kam die Antwort zurück.

So machte ich mich auf dem Weg, um zu sehen, ob ich vielleicht Spuren finden würde. Der Tod von Franz sollte nicht umsonst gewesen sein. Der Brandstifter war mit allen Wassern gewaschen, er wusste genau, wie er das Feuer legen musste. Und es war immer derselbe Feuerwehrzug, der zuerst an der Unglücksstelle war. Das hatte Franz mir noch verraten. Irgendwie hatte ich auch das Gefühl, dass sich einer der Feuerwehrmänner verdächtig verhielt. Er war es auch der, der stets wie ein Rohrspatz meckerte. Wem konnte ich in der Wache wohl über den Weg trauen?

Leider konnte ich keine weiteren Hinweise am Brandort finden, also ging ich wieder zurück zur Feuerwehrwache. Die Stimmung war sehr gedrückt, nur einer der Feuerwehrleute interessierte es wenig, was in den anderen vorging. Mir kam ein Verdacht: War er vielleicht für die Brände verantwortlich? War er der Brandstifter? Die Feuerwehrleute waren doch dafür da, Leben zu retten und Feuer zu löschen, und nicht, um so ein Unheil anzurichten. Ich konnte und wollte es nicht wahrhaben, dass mein Verdacht vielleicht der Wahrheit entsprechen könnte.

Ich rief alle zusammen und bat um ein Gespräch. „Da unser Brandmeister nicht mehr unter uns ist, übernehme ich jetzt seinen Posten.“ Alle waren damit einverstanden. Doch plötzlich bemerkte ich, dass einer der Feuerwehrleute fehlte. „Aber sagt mal, wo ist denn euer jüngster Kollege hin?“, fragte ich entsetzt.

Alle schauten sich alle an und antworteten: „Keine Ahnung, wo er ist.“

„Wo ist der Schrank eures Kollegen?“, fragte ich darauf.

„Der steht dort in der Ecke!“ Einer der Männer deutete auf einen Spind in der rechten Ecke des Raumes. Wir gingen hin und öffneten ihn. Und was wir dort sahen, war nicht das, was wir sehen wollten.

Wir fanden eine Landkarte, auf der jeder Brandort eingekreist war, den die Feuerwehr in den letzten Monaten gelöscht hatte. Die Feuerwehrmänner wollten es nicht glauben, dass es einer von ihnen war, der die Brände gelegt hatte.

„Er ist doch noch so jung, warum tut er das nur?", fragte jemand entsetzt in die Runde. Alle schwiegen, denn das konnte sich niemand erklären.

Genau in diesem Moment bekamen wir wieder eine Alarmierung. Das hörte sich gar nicht gut an. Ein Kino sollte in Brand stehen und Menschen noch im Gebäude sein. Wir machten uns sofort mit allen Einsatzfahrzeugen auf den Weg. Als wir am Kino ankamen, schossen die Flammen bereits aus dem Dach. Ein fürchterliches Szenario zeigte sich und wir hörten verzweifelte Schreie, mussten sofort handeln und versuchten, den Brand unter Kontrolle zu bekommen.

Zum Glück konnten wir die Kinogäste noch rechtzeitig befreien. Ganz unerwartet bekamen wir dann plötzlich noch einen Notruf – ein zweites Gebäude stehe in Brand, welches gleich um die Ecke war. Ich beschloss, mit einem Löschfahrzeug und ein paar Kollegen dort hinzufahren. Als wir eintrafen, sahen wir, dass das Gebäude schon stark brannte.

Oben auf dem Dach stand ein junger Mann, der laut schrie: „Mein Feuer wird über die ganze Stadt verteilt werden und ihr könnt nichts dagegen tun!"

Ich musste in Haus, um den kranken Typen zur Strecke zu bringen. Das war mein einziger Gedanke. Meine Männer wollten mich noch aufhalten, aber dazu war es zu spät. Ich rannte in die Flammen hinein. Nun stand ich oben auf dem brennenden Gebäude, Auge in Auge mit dem Brandstifter. Ich versuchte, mit ihm zu reden, doch es war vollkommen sinnlos.

Er rief: „Du bist die Saat des Bösen und ich werde alle erlösen!" Ich musste meine ganze Energie verwenden, um diesen kranken Menschen aufzuhalten. Ich konnte es nicht zulassen, dass noch mehr Menschen verletzt oder gar getötet wurden. Reden war sinnlos, mit so einem konnte man in solch einer Situation nicht verhandeln. Ich musste ihn ausschalten. Und zwar so, dass er nichts mehr anrichten konnte. Ich musste es schnell machen, noch bevor er reagieren konnte.

Also rannte ich auf ihn zu und krallte ihn mir. Wir kämpften und wälzten uns auf dem Dach. Es war kein schöner Anblick. Während des Kampfes rutsche er aus ... und fiel vom Dach. Vier Stockwerke nach unten. Kein schöner Anblick ...

Nach der Beisetzung von Franz, unseres Brandmeister, die sehr schön war, hieß es nun auch für mich, Abschied zu nehmen. Leise schlich ich mich davon und begab mich zu einem neuen Auftrag ...

6

Mein nächster Auftrag führte mich in die Ferne – nach einer langen Reise kam ich in Asien an. Ich hoffte, dieses Mal meine Katzengestalt beibehalten zu können. Aber als Katzenengel wusste man ja nie, was der Katzengott für einen vorgesehen hatte.

Doch natürlich kam es wieder einmal anders, als ich erhofft hatte. Auf einem Schild, welches an meiner Kleidung befestigt war, stand *Tierjäger* und darunter mein Name – *Dr. Nagel.*

Als ob ich einem Tier etwas zuleide tun könnte! Als ich mich umsah, stellte ich fest, dass ich in einem kleinen Büro saß, in dem ein langer Tisch stand, auf dem ein Tuch lag. Ich wollte nachsehen, was sich darunter befand, doch schreckte auf, als es plötzlich an meiner Tür klopfte und eine Stimme rief: „Dr. Nagel, es ist schon wieder passiert. Bitte kommen Sie schnell mit!"

Ich nahm instinktiv mein Betäubungsgewehr, das neben mir lag, und ging raus. Vor mir stand ein junger Mann, der kreideweiß im Gesicht war, so als ob er etwas Grauenhaftes gesehen hätte. Wir liefen lange ... und was wir dann sahen, war grauenhaft! Ein völlig verstümmelter Körper, der dort im Gras lag. Ich konnte gerade noch erkennen, dass es sich um einen asiatischen Elefanten gehandelt hatte. Aber welches Tier konnte so etwas nur einem anderen Tier antun? Ich war sprachlos und geschockt zugleich.

Man erzählte sich jedoch schon seit Langem hier in der Umgebung, dass es ein gewaltiges Monster geben sollte, aber bisher hatte es noch niemand gesehen. Es war also nur eine Frage der Zeit, dass ein Mensch es treffen würde – und genau das musste man verhindern. Meine Aufgabe war es nun, das Tier oder – besser gesagt – das Monster aufzuhalten. Aber alleine? Das würde ich nie schaffen! Doch alle Bewohner hatten Angst, was ich ja auch gut verstehen konnte.

Ich ging zurück in mein Büro, um zu sehen, was nun unter dem Tuch auf meinem Tisch lag. Als ich es abgedeckt hatte, lag auch hier ein verstümmelter Tierkadaver. Ich entdeckte einen riesigen Zahn, konnte aber ansonsten nicht mehr erkennen, welche Tierart hier zur Strecke gebracht worden war.

Ich schlug mir die ganze Nacht um die Ohren mit weiteren Untersuchungen, denn ich musste einfach mehr über das tote Tier erfahren. Plötzlich klingelte mein Telefon. Ich nahm ab und eine aufgeregte Frau rief durch den Hörer, ich solle schnell kommen, es sei etwas passiert.

Ich machte mich, so schnell es ging, auf dem Weg zu der Adresse, die sie mir genannt hatte. Doch als ich ankam, sah ich nur ein zerstörtes Haus, welches vollkommen dem Erdboden gleich gemacht worden war. Ich hörte ein leises Wimmern und versuchte daraufhin, einige Trümmer zur Seite zu räumen, was nicht ganz einfach war. Aber ich schaffte es. Dann entdeckte ich eine Frau unter den Trümmern – es war die junge Frau, die mich angerufen hatte. Sie erzählte mir vollkommen aufgelöst, was passiert und dass alles sehr schnell gegangen war.

Sie hatte nur ein gewaltiges Etwas mit riesigen Pranken und feurigen Augen gesehen, die voller Hass waren. Aber wie sollte ich es alleine schaffen, ein solch unheimliches Wesen aufzuhalten? Gut, im Katzenhimmel hatte ich es auch mit gefährlichen Gegnern aufgenommen, aber ob ich das hier auf der Erde auch schaffen würde, da war ich mir nicht sicher.

Ich versuchte also zunächst, einige Einheimische zu überreden, mir zu helfen. Ihr könnt euch sicher vorstellen, dass es nicht gerade einfach war, Freiwillige für solch eine Aufgabe zu finden. Schließlich war es nicht gerade ungefährlich, ein Monster zu stellen. Aber schlussendlich fand ich vier mutige Männer, das sollte reichen. Ich musste ihnen zuerst eine Kurzeinweisung erteilen, sodass sie wussten, was zu tun war. Als wir endlich am Wald ankamen, sagte einer der Männer zu mir: „Das hier ist mir wirklich zu viel.“ Dann drehte er sich einfach um und rannte, so schnell er nur konnte, nach Hause.

„Na toll!“, dachte ich mir. „Das fängt ja gut an.“ Aber was sollte ich tun, es war wirklich etwas gruselig hier im Wald.

Es wurde rasch dunkel. Wir entschieden uns dazu, eine Aussichtsplattform in der Nähe aufzusuchen, von der aus wir die ganze Umgebung im Blick hatten. Plötzlich hörten wir ein lautes Brummen und die riesigen Bäume fielen wie Streichhölzer um. Einer meiner Männer schrie: „Da ... da ist es!“

Und tatsächlich – da war das Monster. Und es war größer, als ich gedacht hatte. Noch ehe ich mich umsehen konnte, waren meine Helfer weg. Sie rannten wie die feigen Hasen davon. Ich spürte, wie die Aussichtsplattform auf einmal anfing, zu schwanken, und schaute runter. Dann sah ich ihn, einen riesigen Bären, der bestimmt zwei Meter groß und hatte wirklich riesige Pranken. Gleich darauf merkte ich, dass ich in sehr großen Schwierigkeiten war. Dann spürte ich, dass sich mein Körper wieder einmal veränderte und aus einem Menschen plötzlich eine riesige Raubkatze wurde. Ich sprang von der Plattform und stand dem Bären nun Auge in Auge direkt gegenüber. Er sah mich an und wollte gerade mit seiner Pranke ausholen und mir eine verpassen. Doch er verfehlte mich zum Glück um Haaresbreite. Ich rief: „Egal was du bisher gemacht hast, lass es, ich will dir nicht wehtun, hörtest du mich? Lass es!“ Für einen Augenblick dachte ich, er würde mich vielleicht nicht verstehen, doch dann schrie er zurück: „Verschwinde, wenn dir dein Leben lieb ist!“

Bevor ich antworten konnte, traf mich seine riesige Tatze und ich flog quer durch die Gegend. Das war zu viel. Ich sammelte meine Kräfte, sprang ihn an und biss mich in ihm fest. Er wehrte sich, doch dieses Mal war ich stärker und brachte ihn zu Fall. Nun lag der große Bär endlich am Boden. Er schnaufte stark. Ich nutzte die Chance, ihn zu fragen, was mit ihm passiert wäre, dass er so aggressiv geworden war.

„Kennst du Asien? Hast du um dich herum mal alles genau angesehen?“, antwortete er betrübt. „Überall wird gewildert, Tiere sterben, werden grundlos abgeschlachtet. Und kaum einen interessiert es!“

„Und deswegen bringst du Tiere um und verletzt Menschen?“

„Tiere umzubringen war nie meine Absicht, aber ich hatte Hunger. Und dass mit den Menschen war ein Unfall, ich wollte ihnen einfach nur eins auswischen!“

Nun wurde mir einiges klar und ich verstand, wieso er so gehandelt hatte. Wir beide trafen ein Abkommen und ich ließ ihn laufen. Sofort rief ich alle Bewohner der umliegenden Dörfer zusammen und gründete einen Nationalpark. Zudem stellte ich Leute, die sich darum kümmern sollten. Auch einige Wilderer, von denen der Bär mir erzählt hatte, konnten wir daraufhin dingfest machen! Sie bekamen hohe Gefängnisstrafen, doch leider nicht alle. Ab und zu schaute der riesige Bär vorbei, aber nur so, dass ihn keiner sehen konnte. Ich blieb noch einige Tage, um zu helfen. Doch auch an diesem Ort waren meine Tage gezählt.

7

Mein neuer Auftrag verschlug mich in einen kleinen Vorort der Stadt Luxemburg. Ich lief nach langer mal wieder in meinem wunderschönen Katzenkörper eine kleine Straße entlang und fühlte mich sehr wohl. Mein Magen knurrt ein wenig, als ich an ein Schild vorbeikam, auf dem stand:

Wir suchen Katzen, die unser Futter testen.

„Das ist doch mal ein feiner Auftrag", überlegte das. Katzenfutter testen, ja, das gefiel mir. Endlich hatte mir der Katzengott doch einen richtig schönen Auftrag zugeteilt. Also setzte ich mich ganz brav vor die Eingangstür, miaute ganz herzzerreißend.

Nach einer Weile ging die Tür auf und ein etwas dickerer Mann schaute mich von oben herab an. „Oh, wie niedlich du bist denn", sagte er.

Ich dachte bei mir: „Nur niedlich? Ich bin viel mehr als das. Ich bin Zaubermaus!" Aber das konnte der Dicke ja nicht wissen. Er hob mich hoch und brachte mich in sein Geschäft. Ich sah lauter wunderschöne Katzen, die einfach nur so herumliefen. Aber irgendwie sagte mir mein Bauchgefühl, dass hier etwas faul war. Nur was?

Nachdem mich der Mann auf den Boden gesetzt hatte, durfte ich endlich das Katzenfutter testen. Oh man, war das lecker, ich konnte gar nicht genug bekommen. Dann sollte ich ein anderes Produkt testen und auch das schmeckte mir wirklich gut. Nur den anderen Katzen schien es nicht zu schmecken, sie fraßen alle lieber das erste Futter. Auch die anderen Leckereien ließen sie links liegen. Ich verstand das nicht, waren sie etwa alle so verwöhnt? Nun ja, ich musste der Sache auf den Grund gehen. Doch bevor ich die Chance dazu bekam, wurde ich schon wieder gepackt und auf die Straße gesetzt. Einer der Angestellten grübelte leise vor sich hin: „Diese hier können wir als Tester nicht gebrauchen.“ Und *Zack* stand ich auch schon wieder vor der Tür.

Ihr könnt euch bestimmt vorstellen, dass ich ganz schön angefressen war, denn der Job hätte mir gut gefallen. Immer nette Katzen um einen herum und den Fressnapf voll.

Ich ging ein Stück des Weges und sah ein zweites Schild, auf welchem stand, dass ein Mitarbeiter für die Produktion des Katzenfutters gesucht würde. Wie schade, dass ich den nicht annehmen konnte, denn einen Katzen-Mitarbeiter hätten sie bestimmt nicht angestellt. Ich suchte mir daher eine große Kiste, in der ich die Nacht verbringen konnte, und schlief ein.

Als ich am nächsten Morgen erwachte, war mir kalt und ich sah, dass ich nackt war. Na toll, da hätte der liebe Katzengott ja mal mitdenken und mir bei der Verwandlung auch ein paar Kleidungsstücke mitgeben können.

Zum Glück entdeckte ich am nächsten Haus eine Wäscheleine, auf der ein paar passende Klamotten für mich hingen. Ich stahl sie und lief zu der Fabrik zurück, um mich für den Job in der Katzenfutterproduktion vorzustellen. Vielleicht konnte ich ja ein paar Vorräte für harte Zeiten ergattern ...

Ich klopfte an die Tür des Büros, auf der *Personal* stand, und wieder machte der Dicke auf, der mich am Tag zuvor noch als Testkatze eingestellt und gleich auch wieder rausgeschmissen hatte. Ich sagte ihm, dass ich den Zettel gesehen habe und mich gern um die ausgeschriebene Stelle bewerben würde.

Der Dicke bat mich rein und zeigte mir alles. Auch die Produktionshalle des Katzenfutters. Ich sah dort viele Katzen, die das Futter testen sollen, sogar Hunde waren dieses Mal dabei. Dann bekam ich meine Einweisung für die Herstellung des Katzenfutters. Außerdem zeigte er mir noch einen Wirkstoff, den ich mit ins Futter tun sollte. Ich fragte ihn, warum ich das machen sollte, doch der Dicke grinste nur und sagte: „Es ist ganz einfach. Wir machen die Tiere nur ein wenig abhängig von unserem Produkt, denn wenn die Käufer unser Katzenfutter kaufen und es ihren kleinen Lieblingen geben, dann aber irgendwann mal auf ein anderes Produkt umsteigen wollen, dann verweigert der kleine Liebling das andere Futter ... und schon bekommen sie wieder unseres. Das nennt man Dienst am Kunden." Er lachte höhnisch.

„Mit andern Worten, ihr macht die Katzen abhängig von eurem Futter, damit ihr mehr verdient", antwortete ich leicht erschrocken.

„Richtig! Oder glaubst du, wir sind die einzigen Hersteller, die das so machen? So ist das heute eben, es geht nur um den Profit. Und die Katzen- oder Hundeliebhaber machen nun mal alles für ihre Tiere. Also tu einfach das, was ich dir gezeigt habe, schließlich wirst du ja auch am Umsatz beteiligt", meinte der Dicke darauf.

Ihr könnt euch sicher vorstellen, dass ich mit so einer Arbeit nichts zu tun haben wollte und diese Firma auf keinen Fall unterstützen wollte. Ich versuchte also, die Produktion ein wenig zu beeinflussen, und machte diesen Wirkstoff nicht ins Futter. Doch leider flog ich irgendwann auf und man warf mich raus. Ich beschloss, die Firma dennoch weiter im Auge zu behalten und irgendwann zurückzukommen, um hier mal so richtig aufzuräumen und diese Art von Betrug aufzuhalten.

Aber zuvor hatte ich noch etwas anderes zu erledigen, denn als ich an mir runtersah, stellte ich fest, dass ich wieder einmal in einer Uniform steckte und ein Schild mit der Aufschrift Wachschutz am *Revers* trug. Ich stand in einer Bank und ab und zu hielt ich einer älteren Dame die Tür zum Schalterraum auf.

„Ein netter Job", dachte ich zumindest.

Doch dann kamen auf einmal drei Gestalten auf mich zu, die mir so gar nicht geheuer waren. Und mein Gefühl sollte mich wieder einmal nicht täuschen. Sie zogen nämlich plötzlich riesige Gewehre aus ihren langen Mänteln hervor und schossen in die Luft. Dabei schrien sie lauthals: „Runter auf den Boden und gebt keinen Ton von euch!"

Einige der Anwesenden schrien vor Angst, zwei Kinder weinten und wieder ertönte eine Stimme: „Ich will, dass es hier augenblicklich still ist!"

Mir wurde ganz schön mulmig in der Bauchgegend. Während der eine Gangster immer wieder irgendwelche Befehle schrie, war ein zweiter sehr still und der dritte hielt die Leute am Boden fest. Der erste Gangster wurde zusehends nervöser und brüllte nun: „Wo sind der Tresor und das Geld?"

Da es noch sehr früh am Morgen war, hatte die Bank noch nicht so viel Bargeld vor Ort, schließlich war es nur eine kleine Stadt mit rund 3000 Einwohnern und eine sehr kleine Bankfiliale. Ich wunderte mich sowieso, warum sich eine so kleine Bank überhaupt einen Wachmann wie mich leistete. Aber das waren eben so des Katzengotts Wege, die auch ich als sein Engel nicht immer verstand.

Nach einer Weile wurde es mir jedoch zu blöd, auf dem Boden zu liegen, also stand ich auf und rief: „He, das reicht! Habt eure Hände ganz vorsichtig hoch!"

Doch das hätte ich wohl nicht sagen sollen, denn der Brüllaffe, so hatte ich ihn in Gedanken getauft, drehte sich um und schoss, ohne mit der Wimper zu zucken, auf mich! Aber wie durch ein Wunder traf er mich nicht. Er hätte ja auch nicht wirklich viel anrichten können, denn als Katzenengel war ich ja schon tot ...

In der Zwischenzeit war ein ganzes Einsatzkommando der Polizei vor der Bank angekommen. Ich hatte mir unterdessen vorgenommen, die Bankräuber irgendwie davon zu überzeugen, die Kinder und älteren Menschen freizulassen. Doch der Brüllaffe rief nur: „Schnauze, sonst trifft die nächste Kugel vielleicht doch!"

„Okay, ich bin still, aber bitte denk an die Kinder!"

Draußen hörte man einen Polizisten durch ein Megafon rufen: „Wir sind für Verhandlungen bereit!"

Dann aber fielen wieder Schüsse. Einer der Bankräuber hatte offensichtlich die Nerven verloren und ballerte nach draußen. Dabei gab es leider auch verletzte Polizisten. Nun war mir klar, dass mit den Ganoven wirklich nicht zu spaßen war, sie waren skrupellos. Trotzdem versuchte ich noch einmal, mit ihnen zu reden. Als ich wieder aufstand und rief: „He, ihr drei!“, schoss der Brüllaffe erneut auf mich.

Jetzt hatte ich die Schnauze im wahrsten Sinne des Wortes voll und fing die Kugel mit meinen magischen Kräften, die ich auf der Erde bislang noch nicht eingesetzt hatte, auf. Es wunderte mich daher nicht, dass der Schütze kreidebleich wurde, als er begriff, was ich getan hatte.

„Wer bist du?“, fragte er verunsichert.

„Ich bin ein Engel auf Erden, ein Katzenengel.“

Irgendjemand sagte daraufhin leicht spaßend: „Klar, ein Engel und ich bin Gott persönlich!“

Ich ignorierte diesen dummen Kommentar erst einmal und sagte zu meinem Gegenüber: „Ihr wollt Geld? Okay, ihr bekommt Geld! Aber nur, wenn ihr die Kinder und die älteren Leute freilasst!“

Draußen war mittlerweile ein Sondereinsatzkommando eingetroffen – und das waren ja bekanntlich ganz harte Polizisten. Die Lage war schon sehr angespannt. Bis einer der Bankräuber sagte: „Okay, sie können gehen. Die Kinder und die Alten.“

Ich öffnete sofort die Tür auf und rief: „Nicht schießen, es kommen Bankkunden raus!“ Puh, ihr könnt euch vorstellen, dass ich zufrieden war, dass zumindest schon einmal die Kinder und die Alten draußen waren. Nun waren nur noch sieben Menschen, die Räuber und ich in der Bank. Ich überlegte fieberhaft, was ich noch tun konnte, denn ich musste weiter versuchen, die Bankräuber irgendwie auszuschalten.

Nun fragte einer der Schurken: „Bist du wirklich ein Engel?“ Es war der Stille, der bislang noch gar nichts gesagt hatte.

„Ja, das bin ich“, antwortete ich.

„Dann zeig uns endlich das Geld oder wir machen ab jetzt alle fünf Minuten einen kalt“, brüllte der Brüllaffe dazwischen.

„Kommt mit runter in den Tresorraum“, gab ich zurück.

Eine der Bankangestellten flüsterte mir zu: „Die Tresore sind leer.“

Und ich flüsterte zurück: „Mach dir keine Sorgen, alles wird gut."

Draußen ertönte eine Stimme: „Wir geben euch eine Stunde Zeit, freiwillig rauszukommen, ansonsten stürmen wir die Bank!"

Mir wurde klar, dass die Sache hier nicht gut ausgehen würde. Und das musste ich verhindern. Ich wollte gerade mit einem der Gangster in den Keller gehen, da hörten und sahen wir, dass Rauchbomben durch die Scheiben flogen. Man konnte sich also nicht einmal auf das Wort der Polizisten verlassen ... Die Bankräuber schossen wie wild um sich, sodass sich das SEK wieder zurückzog. Dann zwangen die Gangster die Bankangestellten und Kunden, in den Keller zu gehen, denn dort waren alle sicherer als oben.

Nur mich konnten sie nicht finden, denn ich nutzte meine Chance, um abzuhauen. Mein Herr da oben tat mir einen großen Gefallen und verwandelte mich für einen kurzen Augenblick in eine Katze zurück, sodass ich mich verstecken konnte. Nur blöd, dass einer der Bankräuber eine Katzenallergie hatte und andauernd niesen musste. Er sagte: „Verdammt noch mal, ist hier irgendwo eine Katze?"

Eine der Angestellten antwortete darauf mit zitternde Stimme: „Ja, das ist unser Bankkatze Rossi, sie gehört seit Jahren zu uns."

„Interessiert mich nicht", antwortete der eine Bankräuber, „wenn ich die sehe, dann ist sie Geschichte."

Als ich das hörte, dachte ich nur: „Dich knöpf ich mir auch noch vor." Aber vorher muss ich irgendwie hier rauskommen, wenn ich den armen Leuten da drin helfen wollte. In diesem Moment sah ich ein kleines Fenster, welches offen stand, und sprang raus.

Draußen angekommen, nahm ich gleich wieder meine Menschengestalt an und rannte, so schnell ich konnte, zu den Polizeibeamten. Es dauerte eine Ewigkeit, bis ich sie davon überzeugen konnte, dass ich auf der guten Seite stand und ihnen helfen wollte, den Rest der Angestellten freizubekommen. Aber ich machte ihnen gleich klar, dass sie sich an das halten mussten, was ich ihnen sagen würde. Nun ja, es war eine harte Diskussion, die wir führten, doch zum Schluss setzte ich mich durch. Ich besprach meinen Plan mit ihnen und ging dann wieder in die Bank.

Die Polizisten sahen mich zweifelnd an und fragten mich, wie ich wieder in die Bank reinkommen wolle, doch ich antwortete nur: „Na so, wie ich rausgekommen bin!" Und schon war ich wieder weg und schlüpfte durch das Fenster zurück in das Gebäude.

Gleich fing einer der Bankräuber an zu niesen und rief: „Wo ist diese verdammte Katze nur?"

Ich musste dem Typen wohl mal zeigen, dass man so nicht mit Tieren umgeht. Ich sprang den Bankräuber an und riss ihm dabei die Maske vom Kopf. Dann erschrak ich, denn er war ja noch ein halbes Kind. Wie konnte es nur so weit kommen? Die anderen beiden waren schockiert und riefen: „Oh nein, nun sieht man dein Gesicht und man kennt deine Identität. Wir wussten, dass man dich nicht mitnehmen kann!"

Dann bemerkten sie mich. „Wie zum Teufel kommt der hier rein?"

Ich sagte nur: „Na, durchs Fenster."

„Wie durchs Fenster?", fragte der Brüllaffe ganz verdutzt. Doch noch bevor er eine Antwort von mir erhalten konnte, stand das SEK direkt vor seiner Nase. Die Beamten entrissen den Räubern die Waffen und zogen ihnen die Masken ab – alle drei waren alle noch fast Kinder.

Schlussendlich stellte sich heraus, dass die Jungs aus einer Familie stammten, die sehr, sehr arm war. Sie waren insgesamt zehn Kinder zu Hause, die nur hungern mussten. Sie wollten ihren Eltern und den Geschwistern durch den Banküberfall helfen. Aber trotzdem war es eine sehr schwere Straftat, doch da sie noch nicht volljährig und bisher nie aufgefallen waren oder Straftaten begangen hatten, bekamen sie eine Bewährungsstrafe und 1000 Sozialstunden in einem Tierheim. Strafmildernd hatte der Richter übrigens berücksichtigt, dass die Waffen der Räuber zwar täuschend echt aussahen, aber nur mit Platzpatronen bestückt waren. Ich muss zugeben, ich war ganz glücklich, dass sie mit einem milden Urteil davongekommen waren. Ich hoffte nur, dass sie daraus gelernt hatten.

Ach ja, eines sollte ich nicht verheimlichen, auch wenn ich weiß, dass es gemein war – ich klebte aus Rache dem Jungen mit der Katzenhaarallergie ein ganzes Katzenhaarbüschel in seine Jackentasche, sodass er stundenlang niesen musste.

8

Die nächste Mission führte mich in ein Altersheim. Ich stand in einem riesigen Zimmer und sah viele ältere Menschen, einige von ihnen saßen in Rollstühlen, einige spielten Karten und andere schauten nur so aus dem Fenster. Plötzlich hörte ich jemanden sagen: „He du, du wirst hier nicht fürs Rumstehen bezahlt, gib den Alten endlich den Tee und den Kaffee!“

Ich drehte mich um und sah einen etwas dicken Mann, auf sein Namensschild stand *John*. Ich widersprach lieber nicht, schließlich war ich ja hier, um zu helfen. Also beschloss ich, die Getränke zu verteilen.

Eine ältere Dame sagte zu mir: „Du bist aber eine süße Katze!“, und streichelte mich ganz lieb. Ich fragte sie nach ihrem Namen, erstaunt darüber, dass sie meine wahre Gestalt wahrnehmen konnte, und das, obwohl ich wusste, dass ich wieder als Mensch unterwegs war.

Die alte Dame schaute mich mit großen Augen an und sagte nur mit leiser, trauriger Stimme: „Ich weiß meinen Namen nicht mehr.“

Ich musste mir eine Träne verkneifen, aber ich wusste schon, was ich tun musste. Dann riefen mehrere der Senioren: „Schaut euch die Katze an, ist die nicht süß?“

Und genau das hörte John. „Wo ist hier eine Katze? Tiere sind hier im Heim verboten! Wo ist sie?“

Die Älteren zeigten mit dem Finger auf mich, John drehte sich zu mir um und lachte: „Ja klar, sie ist eine Katze auf zwei Beinen!“

Langsam dämmerte es mir: Kinder und ältere Menschen konnten also meine wahre Gestalt sehen, alle anderen nicht. Nun ja, das würde schon seine Richtigkeit haben, der Katzengott wusste sicherlich, warum das so war. Wenn ich ihm wieder einmal begegnen würde, würde ich ihn danach fragen.

Ich schaute mich in dem Altenheim um. Hier sah alles sehr trostlos aus und die alten Männer und Frauen wirkten niedergeschlagen. Ich musste also versuchen, ihnen wieder ein wenig Freude am Leben zu schenken.

Noch am selben Tag nahm ich einige ältere Menschen mit auf einen langen Spaziergang nach draußen. Nach unserer Rückkehr gab ich ihnen einige ganz einfach Aufgaben: Sie sollten einen kleinen Garten anlegen, dort Blumen und ein paar Kräuter anpflanzen und das Unkraut ziehen. Ich spürte sofort, dass alle daran Freude hatten.

Damit beschäftigte ich die alten Herrschaften nun Tag für Tag und ich merkte, wie einer nach dem anderen Tag für Tag aufblühte, sogar diejenigen, die sonst nur so rumgesessen hatten, machten mit. Nur einer war voll dagegen – es war der Geschäftsführer des Altersheim – John. Er lehnte alles ab, was wir machten, und ließ nach kurzer Zeit sogar den Garten wieder entfernen, den die älteren Menschen mit viel Liebe hergerichtet hatten.

Aber ich wäre nicht Zaubermaus, wenn ich das nicht wieder hinbekommen hätte. Kaum war der Garten weg, legten wir einen neuen an. Immer wieder versuchte er es, bis er endlich keine Lust mehr hatte, sich gegen den Garten zu wehren, also duldete er ihn irgendwann endlich. Was man nicht alles in gemeinschaftlicher Arbeit schaffen konnte.

Auch mein Herz blühte auf, doch ich spürte, dass irgendwas noch fehlte. Die Altenheimbewohner brauchten alle eine Aufgabe und vor allem sollten sie auch wieder Verantwortung übernehmen können, schließlich hatten sie hier keine mehr. Viele bekamen noch nicht einmal Besuch.

Ich beschloss, einen großen Bus zu mieten, und lud alle zu einem Ausflug ein. Wir fuhren gemeinsam in ein Tierheim, ich kannte ja eins und wusste, dass dort viele Tiere auf Gesellschaft warteten. Ob mich Mick wiedererkennen würde?

Als wir ankamen, stand er persönlich vor der Tür, aber er erkannte mich nicht – wie auch, ich war ja gerade als Altenpfleger getarnt.

Mick machte mit uns einen ausgiebigen Rundgang. Es hatte sich viel verändert, alles war in einem sehr guten Zustand und auch den Tieren ging es gut. Ich freute mich sehr. Einige der älteren Menschen fragten, ob sie nicht ehrenamtlich helfen oder eines der Tiere mitnehmen könnten.

Mick sagte nur: „Also von meiner Seite aus hätte ich nichts dagegen, ich würde mich über jede Hilfe freuen!"

Wir schlossen schließlich einen Vertrag ab, in dem alles geregelt war. Da gab es nur noch ein Problem: Was würde John dazu sagen?

Als wir wieder im Altersheim angekommen waren, stand John schon sehr wütend vor der Eingangstür und rief: „Wo zum Teufel kommt ihr her? Ihr wisst ganz genau, dass ihr ohne meine Erlaubnis nicht raus dürft!"

Schon verfielen einige der Bewohner wieder in ihr altes Muster. Und genau das konnte ich nicht zulassen. Ich schrieb einen Beschwerdebrief an die oberste Geschäftsführung des Altenheim-Konsortiums und machte ihnen die Situation hier klar. Außerdem erklärte ich ihnen die Verbesserungsvorschläge, die ich mir überlegt hatte. Vor allem aber schrieb ich, dass es den älteren Menschen guttun würde, wenn sie mit Tieren zusammen leben und sich um diese kümmern könnten.

Man mag es kaum glauben, aber John wurde entlassen, weil er sich nicht gut genug um die alten Herrschaften gekümmert hatte, und ein junger Mann wurde neuer Chef des Altersheims. Die Älteren hatten gleich von der ersten Sekunde Vertrauen in ihm. Sicher, einige Regeln gab es schon, aber nichts, was man nicht einhalten konnte. Als die ersten Tiere zur Pflege ins Altersheim kamen, sah man, wie glücklich die Bewohner waren. Sie hatten endlich ihre Aufgabe und dem Tierheim war auch wieder geholfen. Langsam hieß es für mich, Abschied zu nehmen. Ich sah noch einmal in die glücklichen Gesichter und ging.

9

Eigentlich war es ein Tag wie jeder andere. Ich schlich ganz langsam an einem riesigen Gebäude vorbei und bemerkte bei genauerem Hinsehen, dass überall Kameras an der Hauswand hingen. Ich spürte, dass ich hier meinen neuen Auftrag finden würde, also ging ich ins Haus. Anscheinend wurde ich schon sehnsüchtig erwartet, denn ich wurde direkt mit den Worten: „Na endlich, wir warteten bereits auf dich!“, begrüßt. Ich wusste ehrlich gesagt nicht, worum es dieses Mal ging.

Doch langsam dämmerte es mir. Ich war Schöffe bei Gericht und sollte mit dem Richter zusammen das Urteil verkünden. Der Richter war ein sehr alter Mann. Jemand flüsterte mir zu, dass er ein sehr strenger Richter sei, der nichts durchgehen ließ, aber man flüsterte mir auch zu, dass er bereits an Alzheimer leide, dies aber nicht wahrhaben wolle.

Niemand traute sich, ihn darauf anzusprechen, weil er seine Arbeit immer sehr gut gemacht hatte. Ich verstand das Ganze nicht, denn eigentlich war es ja so, dass auch Richter in einem gewissen Alter in Pension geschickt wurden. Es verging eine Zeit, wir hatten auch bereits einige Urteile verkündet. In einer Verhandlungspause holte ich mir in der Cafeteria eine Milch und hörte zufällig ein Gespräch mit.

Eine junge Frau berichtete ihrer Freundin, sie wolle das nicht mehr mitmachen und dem Alten andauernd ins Ohr flüstern, was er zu tun habe. Dabei erwähnte sie auch einige Fehlurteil, die deshalb zustande gekommen waren, weil der Richter ihr Flüstern falsch verstanden hatte oder das Gesagte gleich wieder vergessen hatte. Ich musste etwas unternehmen, denn es durften keine falschen Urteile mehr verkündet werden.

Am nächsten Morgen stand schon der nächste Verhandlungstag an. Der Richter kam rein und fragte: „Wo ist mein Schöffe und was hat eine weiße Katze hier auf meinen Richtertisch zu suchen?"

Der Gerichtsdiener antwortete verwundert: „Herr Richter, da sitzt keine weiße Katze?"

„Sie wollen mir sagen, da sitzt keine, obwohl ich sie sehe?", erwiderte der Richter. Was der Richter nicht ahnen konnte: Er sah mich, aber die anderen nicht. Plötzlich tuschelte der ganze Saal. Ich sprang vom Richtertisch, lief nach draußen und kam als Schöffe wieder herein. Der Richter fragte mich gleich, ob ich die weiße Katze auch gesehen habe.

Leider musste ich diese Antwort mit *Nein* beantworten. Alle schauten sich verdutzt an. Nun merkten auch endlich die anderen Anwälte und Anwesenden, dass es an der Zeit war, den Richter abzulösen. Alle redeten auf ihn ein.

Plötzlich stand der Richter auf und verließ den Saal, ohne ein Wort zu sagen, und ging in sein Richterzimmer. Ich spürte, dass irgendwas nicht in Ordnung war und ging hinterher. Ich klopfte an die Tür, doch ich hörte keinen Ton von ihm, also stemmte ich mich gegen die Tür und brach sie auf. Doch das, was ich sah, erschreckte mich sehr. Ich schrie: „Nein, nein tun Sie das nicht! Es gibt für alles eine Lösung, Herr Richter!" Er hielt eine Waffe in der Hand und wollte seinem Leben ein Ende setzen.

Nun hieß es, Ruhe bewahren und gut auf ihn einreden. „Hören Sie mir zu, alles wird gut, ich verspreche Ihnen, dass ich Ihnen helfen werde. Sie bekommen Hilfe! Aber bitte legen Sie die Waffe weg!" Ich musste etwas tun, was ich sonst nie in Anwesenheit einer anderen Person getan hätte: Ich verwandelte mich vor den Augen des Richters in die weiße Katze und sprang auf seinen Schoß.

Er sah mich und meinte: „Hey, da bist du ja wieder!" Er streichelte mich zärtlich und legte die Waffe weg.

Ich verwandelte mich ein zweites Mal und nahm die Waffe an mich. Der Richter schaute mich verdutzt an und fragte: „Wie geht das? Im einen Moment bist du eine Katze und im nächsten wieder ein Mensch!"

Wir unterhielten uns eine Weile und nach und nach sah der Mann ein, in den Ruhestand zu gehen. Denn den hatte sich dieser Richter wirklich redlich verdient. Ich begleitete ihn noch zum Tierheim, wo er eine weiße Katze adoptierte, die er von diesem Tag liebte und pflegte wie ein Familienmitglied.

Bevor ich mich endgültig von ihm verabschiedete, gab er mir noch einen Tipp. „Wenn du einmal eine Auszeit benötigst, fahre zum Seewaldsee. Dort kannst du dich gut erholen."

Ich versprach dem Richter, dies zu beherzigen, und machte mich tatsächlich wenige Tage später auf den Weg zu diesem See, denn ein wenig Erholung nach den letzten anstrengenden Tagen konnte mit nur guttun.

Der See war wirklich riesig und lag abseits der Straße in einem großen Waldstück. Ich wollte gerade einen kräftigen Schluck Wasser trinken, denn ich war durstig, als mich ein toter Fisch ansah. Zum Glück hatte ich vom Wasser noch nichts getrunken, denn als ich mich genauer umsah, entdeckte ich rund um den See viele tote Vögel und im Wasser immer mehr tote Fische. Hier stimmte etwas nicht! Ich war den Tränen nahe und mir sicher: Ich kannte nun meinen neuen Auftrag! Ich sollte herausfinden, warum und woran die armen Tiere gestorben waren.

Also begab ich mich in ein Institut für Umweltschutz. Im Spiegel sah ich mich als eine sehr strenge Frau mit ernster Miene – war ich das wirklich? Na toll, ich und streng, das passt ja gar nicht! Aber gut, ich musste eben die Gestalt annehmen, die mein Herr da oben aus mir machte. Also bezog ich mein Büro.

Das Erste, was ich wissen wollte, war, wann das Tiersterben am See begonnen hatte. Ich fragte jeden einzelnen meiner Mitarbeiter, doch die zuckten alle nur mit dem Schultern. Keiner hatte eine Ahnung. Sollte das etwa heißen, dass es keiner bemerkt hatte oder wollte es keiner bemerkt haben?

Ich gab sofort den Auftrag, Wasserproben aus dem nahe gelegenen See zu nehmen und diese zu untersuchen. Nur widerwillig gingen die Kollegen der Aufgabe nach. Wie ich später erfuhr, war seit Wochen niemand mehr an diesem See gewesen. Mir kam die

Sache sehr komisch vor. Warum verhielten sich alle so seltsam, wenn ich den See ansprach?

Einer der Mitarbeiter sagte ganz offen mir zu: „Ich sollte lieber weiter meiner Forschungsarbeit nachgehen, der letzte Kollege, der am See rumschnüffelte, ist heute nicht mehr da. Und keiner weiß, wo er abgeblieben ist!"

„Soll das heißen, er ist tot?", fragte ich entsetzt.

„Ich kann dir nichts weiter sagen, mein Job hängt davon ab. Es ist wichtig, dass wir die Füße stillhalten. Wenn du weißt, was ich meine. Wir bekommen jedes Jahr viele Spendengelder!"

„Ihr wollt mir doch nicht weismachen, dass ihr fürs Schweigen Geld bekommt? Da draußen sterben Tiere und vielleicht auch irgendwann einmal ein Mensch!" Ich war entsetzt, doch der Kollege zuckte nur mit den Schultern und ging.

Endlich bekam ich die Proben, die ich, so schnell es ging, untersuchte. Das Ergebnis ließ mich für einen kurzen Moment erstarren – es war ein hoch konzentriertes Pestizid nachzuweisen, das in dem Wasser sicherlich nichts zu suchen hatte. Was war hier nur passiert? Ich ließ umgehend den See und seine Umgebung weitläufig absperren und ging zum See zurück.

Als ich dort ankam und einen Rundgang machte, sah ich ein riesiges Rohr, das vielleicht Stoffe in den See leitete, so meine Vermutung. Ich versuchte, dem Rohr zu folgen. Geschätzt lief ich eine ganze Stunde, bis ich an sein Ende kam. Und da sah ich den Grund für den verschmutzen See. Ein riesiges Fabrikgebäude leitete sein Schmutzwasser direkt in den See – und das vermutlich nicht seit gestern.

Ich eilte zurück in das Institut, um weitere Maßnahmen einleiten zu lassen, doch meine Mitarbeiter wollten nichts tun, sie waren der Meinung, dass das alles gar nicht so schlimm sei und sicherlich alles im gesetzlichen Rahmen wäre. Langsam wurde es mir zu bunt. Ich fing an, laut zu brüllen. Mein Brüllen hörte sich fast an wie Löwengebrüll. Mir reichte es, ich musste etwas tun.

Noch am selben Tag bat ich um einen Termin beim Direktor dieser Fabrik. Drei Tage später war es endlich so weit. Ich stand in seinem Büro und erzählte ihm, dass es nicht so weitergehen könne und er sein Schmutzwasser in den See pumpe. Er grinste nur und sagte, was ich denn wolle, aus seiner Fabrik würde nur sauberes Wasser kommen, davon könnte ich mich jederzeit überzeugen. Dann bat er mich zu einem Rundgang.

Und tatsächlich, alles sah einwandfrei aus. Ich musste zugeben, dass ich nichts Verdächtiges entdecken konnte. Ob er gewarnt worden war? Meine Beweise waren doch eindeutig gewesen.

Als ich auf dem Weg zurück war, lief ich noch einmal am See entlang. Ich wollte mir alles noch einmal ganz genau ansehen und eine neue Wasserprobe nehmen. Doch wie stockte mir der Atem, als ich es sah, dass, obwohl ich den See hatte absperren lassen, sich Kindern im Wasser tummelten. Ich rief sofort: „Raus da, hört ihr nicht! Raus da, aber ganz schnell!"

Die Kinder schauten mich ganz verdutzt an und wussten gar nicht, was los war.

„Ihr müsst sofort ins Krankenhaus und euch untersuchen lassen!" Sie lachten nur und rannten weg.

Noch am selben Abend hörte ich, dass es einigen Kindern in der Umgebung nicht gut ging und dass es sehr schlecht um sie stehen würde. Ich machte mich sofort auf den Weg zu den Eltern und erfuhr, dass es sich bei den Erkrankten um die Kinder handelte, die ich vermutlich am Nachmittag beim Baden im See erwischt hatte. Einige Eltern veranlassten deshalb umgehend beim zuständigen Gesundheitsamt eine Wasseruntersuchung – mit dem Ergebnis, welches ich schon kannte.

Endlich wachten auch die Eltern und viele andere Leute auf und bemerkten, welche Gefahr von der Fabrik am See ausging, die, wie ich erst jetzt erfuhr, schon einmal wegen Umweltsünden in die Schlagzeilen gekommen war. Einige Jahre hatten sich die Chefs dort dann wohl an alle Bestimmungen gehalten, doch seit der anhaltenden Wirtschaftskrise und der Konkurrenz aus Fernost hatte man den Umweltschutz in der Fabrik wohl nicht mehr so ernst genommen. Immerhin standen Arbeitsplätze auf dem Spiel.

Zwei Tage nach der Erkrankung der Kinder, denen es inzwischen dank guter ärztlicher Hilfe wieder besser ging, gab es eine riesige Demo gegen die Fabrik, die übrigens Düngemittel und Pestizide für die Landwirtschaft herstellte. Tausende von Menschen demonstrierten gegen die Verunreinigung des Sees. Und das nicht nur einmal, sondern jeden Freitag – über Monate hinweg.

Es dauerte Wochen und Monate, bis schließlich herauskam, was wirklich passiert war. Unter anderem waren einige meiner Kollegen geschmiert worden und hatten bei Untersuchungen, die natürlich auch in der Vergangenheit stattgefunden hatten, falsche Ergebnisse publiziert. Sogar einige Politiker, die von alledem wussten, mussten ihren Hut nehmen. Der vermisste Kollege war übrigens nicht verstorben, sondern von heute auf morgen an ein Zweiginstitut meines Instituts auf eine Hallig in der Nordsee versetzt worden. Wir konnten auch erreichen, dass er zurückkam und neuer Leiter meines Umweltinstituts wurde. Der Direktor der Fabrik wurde fristlos gefeuert und bekam eine saftige Geldstrafe. Leider musste er nicht ins Gefängnis, aber dagegen konnte auch der alte Richter nichts mehr machen, der inzwischen seinen Ruhestand genoss.

Der See wurde mit viel Aufwand gereinigt. Langsam aber sicher konnten sich auch Tiere wieder dort niederlassen und die Gegend um den See wurde zum Naturschutzgebiet erklärt.

10

Eigentlich hatte ich nach diesem nervenaufreibenden Job gedacht, ich könnte endlich mal so richtig ausschlafen. Doch daraus wurde nichts, denn schon am nächsten Morgen wurde sehr früh von einer ziemlich rauen Stimme geweckt.

„He, du Penner, wach auf!"

Wie bitte, was hatte der gerade zu mir gesagt? Penner? Tatsächlich, ich war ein Penner und saß in einer kalten Zelle. In was war ich denn nun schon wieder hineingeraten? Ich war sprachlos und entsetzt zugleich.

Die Tür ging auf und ein riesiger Mann mit ernstem Blick kam herein und sagte: „Ist der Penner immer noch nicht aus meiner Zelle raus? Ich hab dir gesagt, wenn er wach ist, schmeiß ihn raus!" Was der Typ, der mich *Penner* genannt hatte, dann auch tat. Ich bekam einen Tritt in meinen Allerwertesten und flog direkt auf die Straße.

Ein Mann, der zufällig des Weges kam, konnte das alles nicht mit ansehen, er half mir auf die Beine, denn ich war ziemlich hilflos, und brachte mich in eine Unterkunft für Obdachlose. Offensichtlich war ich nicht der einzige Engel hier auf Erden ...

In meiner neuen, ziemlich heruntergekommenen Unterkunft versuchte erst mal, meine Gedanken zu ordnen. Zuerst wollte ich mich waschen und neu einkleiden, denn ich roch schon sehr unangenehm. Ein Mitarbeiter der Unterkunft besorgte mir dann auch gleich neue Anziehsachen. Ich spürte, dass er eine gute Seele hatte. Doch trotzdem machte er einen nicht sehr glücklich Eindruck auf mich. Ich versuchte, mit ihm ein Gespräch zu führen. Anfangs wollte er nicht reden, aber nach und nach fasste er Vertrauen zu mir und erzählte mir ein wenig von sich und seinem Problem. Dabei trat zutage, dass der Polizist, den ich bereits kennengelernt hatte, willkürlich Menschen einsperrte – ohne Grund.

Es war ihm egal, ob jemand etwas getan hatte oder nicht. Wenn derjenige ihn störte, buchtete er ihn einfach ein. Nun wusste ich endlich, warum auch ich im Knast gesessen hatte.

Man erzählte sich auch, so berichtete mein neuer Freund, dass der Beamte bestechlich sei und manch eine wirkliche Straftat unter dem Tisch fallen lassen würde, was man aber leider nicht beweisen könne.

Ich beschloss, mich der Sache anzunehmen und dem skrupellosen Polizisten das Handwerk zu legen. Zudem hatte ich ja auch noch persönlich ein Hühnchen mit ihm zu rupfen, denn immerhin hatte er mich ziemlich unsanft auf die Straße befördert.

Ich legte mich also eines Abends auf die Lauer, um zu sehen, was der Mann so trieb. Doch was ich sah, gefiel mir gar nicht. Ich sah, wie ein schwarzer Wagen vor der Polizeistation hielt und ein ziemlich schmierig aussehender Typ ihm ein kleines weißes Paket zusteckte und ein Bündel Geldscheine. Sollte es das sein, was ich dachte? Dealt er auch noch?

Am nächsten Morgen war der Beamte in Zivil unterwegs. Natürlich folgte ich ihm. Er übergab die Drogen an ahnungslose Penner, die dann austickten und Blödsinn machten. Aber wie konnten sie die Drogen nur bezahlen, sie hatten ja gar kein Geld? Nachdem ich die Szenerie eine Weile beobachtet hatte, begriff ich langsam, dass die Obdachlosen für eine kleine Prise Koks als Drogenkurier arbeiteten – und wer nicht parierte, kam in den Knast. Ha, so musste es auch bei mir gewesen sein.

Ich musste dieser Sauerei, so schnell es ging, einen Riegel vorschieben. Drogen gingen nämlich gar nicht! Ich beschloss, dem Polizisten eine Falle zu stellen. Zum Glück erkannte er mich nicht. Ich gab mich als Drogenkurier aus. Vorher informierte ich den netten Mitarbeiter der Obdachlosenunterkunft darüber, der war zwar gar nicht begeistert, aber ich ließ mich davon nicht abbringen, meinen Plan durchzuziehen.

Am nächsten Abend war es so weit, ich stand an einer dunklen Ecke unter einer Straßenlaterne. Ein schwarzer Wagen kam auf mich zu und hielt direkt vor mir. Plötzlich spürte ich eine Waffe im Rücken. Es war der verdächtige Beamte, der hinter mir stand. Ich musste zusammen mit ihm in den schwarzen Wagen steigen. Ihr könnt euch vorstellen, dass mir schon sehr komisch in der Magengegend wurde. Und ich hoffte, dass der Mann aus der Obdachlosenunterkunft mich nicht aus den Augen verloren hatte, denn er hatte versprochen, auf mich aufzupassen.

Die schwarze Limousine hielt an einer großen Baustelle. Ich musste aussteigen. Oh je, die wollten mich jetzt kalt machen und mich hier verbuddeln?

Auf einmal hörte ich Hubschrauber und Sirenen. „Hier spricht die Polizei! Hände hoch und raus aus dem Wagen!"

Ich war erleichtert, doch wie hing das nun wieder alles zusammen. Dann sah ich den Mann aus dem Obdachlosenheim.

„Das war eine gute Arbeit", sagte er zu mir. „Wir haben durch dich einige wichtige Größen der Russen-Mafia dingfest machen können. Vielen Dank."

Ich war nun noch mehr erstaunt, doch er berichtete weiter, dass er gar kein Mitarbeiter des Obdachlosenheims sei, sondern dort nur undercover gearbeitet habe und erst durch meine Hilfe den entscheidenden Schlag gegen das organisierte Verbrechen hatte machen können. Wir verabredeten dann gleich, dass ich auch künftig hin und wieder mal für ihn arbeiten solle. Dann kniff er mir ein Auge zu und sagte: „Wir haben ja schließlich beide den gleich Boss."

Und der ließ mich nicht zur Ruhe kommen, denn schon am nächsten Morgen schickte er mich zu meiner nächsten Aufgabe. Ich stand vor einer riesigen Kirche – oh, was für eine Freude. Hier würde sicherlich alles mit rechten Dingen zugehen, schließlich war es ja das Haus Gottes. Also miaute ich herzzerreißend, sodass es jeder hören musste. Bald darauf ging tatsächlich die Tür auf und ein etwas älterer Priester erschien im Türrahmen. Er sagte: „Endlich bist du wieder da, Maria. Ich habe mir schon Sorgen gemacht."

„Maria?", schoss es mir durch den Kopf, dann sah ich an mir herunter. Ich als Nonne? Mir hätte zwar mein Katzenoutfit besser gefallen, aber Nonne war auch kein schlechter Job. Innerlich war ich zudem schon sehr gespannt, was nun auf mich zukommen würde.

Ich ging in meine Zelle, so nannte man wohl die Räume in Klöstern, und legte mich schlafen. Am nächsten Morgen wurde ich sehr unsanft geweckt, denn meine Zelle lag direkt neben dem Glockenturm. Draußen war es noch stockdunkel und bevor es Frühstück gab, musste ich erst einmal stundenlang beten. So kam es mir jedenfalls vor.

Das Frühstück war nicht sonderlich reichhaltig, sodass mein Magen schon bald wieder knurrte. Aber das ließ sich leider nicht ändern. So eine schöne fette Maus hätte mir jetzt gut gefallen. Doch wie hätte es wohl ausgesehen, wenn ich in meinem Nonnen-Habit im Klostergarten auf Mäusefang gegangen wäre ...

Dann wurden meine Gedanken jedoch abgelenkt, denn ich hörte lieblichen Kindergesang. Da erst bemerkte ich, dass dem Kloster und der Kirche eine Schule mit Internat angeschlossen war. Ich ging also zu den Kindern in einen großen Saal, wo sich alle versammelt hatten, und wünschte ihnen einen wundervollen guten Morgen. Nach dem Morgengruß fragte mich ein Kind: „Bist du die neue Lehrerin?"

Ich antworte: „Ja, das bin ich."

Um 8 Uhr war Unterrichtsbeginn und ich betrat den Klassenraum. Nun stand ich vor rund 30 Schülern, die ich unterrichten sollte. Zuerst einmal mussten sie sich alle vorstellen und ihren Namen sagen. Aber irgendwie hatte ich den Eindruck, dass sie ein wenig eingeschüchtert waren. Ich fragte sie, wo denn eigentlich ihre alte Lehrerin sei. Die Kinder wurden sehr still, doch ich wollte unbedingt eine Antwort und bohrte so lange nach, bis eines der Kinder mir erzählte, dass ihre alte Lehrerin von heute auf morgen verschwunden sei, ohne sich zu verabschieden. „Sie ist einfach weggegangen", sagte das Mädchen, das sich zuvor als Caro vorgestellt hatte. Nach einem Blick auf mich fügte sie noch hinzu: „Sie war so was von lieb zu uns, wir konnten immer zu ihr kommen, egal was war. Wenn einer krank war oder Kummer hatte, war sie immer da für uns. Doch dann verschwand sie von heute auf morgen, selbst die Polizei hat hier jeden Stein umgedreht und nichts gefunden. Auch unser Priester und die anderen Nonnen wurden verhört, doch keiner weiß, wohin Schwester Clara verschwunden ist."

„Ihr vermisst sie richtig, nicht wahr?", fragte ich.

„Ja, das tun wir", antwortete Caro.

„Habt ihr denn irgendeine Idee, was passiert sein könnte?"

Doch die Kinder zuckten nur mit den Schultern. „Es war vorher alles so wie immer", sagte ein Junge, der neben Caro stand.

Die weiteren Schulstunden vergingen wie im Fluge und endlich hatte ich Feierabend. Doch ich musste immer wieder an meine verschwundene Vorgängerin denken und mir war bald klar, dass ich, Zaubermaus, herausfinden sollte, was passiert war.

Die Tage vergingen, ohne dass ich etwas herausfand. Auch wollte keine Mitschwester mit mir über das Verschwinden von Schwester Clara sprechen. Es war wie verhext. Ich hielt also Zwiesprache mit dem Katzengott und der erhörte mich, denn eines Abends bekam ich meine Katzengestalt zurück, sodass ich für ein paar Stunden ganz unauffällig durch das Internat schleichen konnte. Zuerst schlich ich vorsichtig in das private Gemach des Priesters. Dort hörte ich ein sehr interessantes Gespräch mit. Hatte der Priester etwa ein Geheimnis zu verbergen? Er hatte Besuch von einem anderen Mann, doch leider konnte ich nicht alles verstehen. Ich hörte nur, dass dieser Fremde sagte: „Die Kinder mussten heute Nacht noch verschwinden. Das Geld ist überwiesen. Außerdem sind die Neuen unterwegs zu dir."

Ich traute meinen Ohren nicht, als der Priester antwortete: „Wir werden ein Vermögen verdienen, wenn wir sie wieder verkaufen!"

Wo war ich hier? War der Priester so etwas wie ein Sklavenhändler, der mit dem Verkauf von Kindern Geld machte und das Internat nur zur Tarnung führte? Ich musste umgehend mehr herausfinden und rannte, nachdem sich der Fremde verabschiedet hatte, in mein Zimmer. Manchmal war es wirklich praktisch, sich verwandeln zu können. So war die Gefahr, entdeckt zu werden, viel kleiner.

Meine Tage waren – neben dem Unterricht – nun vor allen Dingen damit ausgefüllt, Informationen zusammenzutragen. Immer wieder nahm ich dafür die Gestalt einer wunderschönen Katze an, weil es so leichter war, Gespräche zu belauschen. Die Kinder, übrigens allesamt Waisen, freuten sich über die neue tierische Mitbewohnerin, die immer wieder einmal auftauchte, und auch die Mitschwestern hatte ihre Freude daran, der weißen Katze über das Fell zu streicheln.

So fand ich mit der Zeit heraus, dass schon seit Jahren immer wieder Kinder verschwanden, aber nicht nur hier, sondern auch in Klosterinternaten anderer Ländern. Sie alle gehörten zu einem Orden. Das hier vor Ort war also nur die Spitze des Eisbergs. Ich wusste nun, was ich zu tun hatte.

Doch zunächst nahm ich Kontakt zu meinem Freund, dem Undercoveragenten der Polizei auf. Er versprach mir, mir auch bei diesem Fall zur Seite zu stehen. Und seine Hilfe benötigte ich tatsächlich schon sehr bald.

Denn eines Tages wurde es sehr still im Klosterinternat. Quasi über Nacht. Als mir dies auffiel, führte mich mein erster Weg zu den Zimmern, in denen die Kinder sein sollten, doch die Betten waren alle leer. Wo zum Teufel waren die Kinder hin? Ich suchte das ganze Internat ab, doch ich fand sie nicht. Es war, als ob sie der Erdboden verschluckt hätte.

Dann ging ich zum Büro des Priesters und fragte ihn, wo denn die Kinder alle seien? Er meinte nur, sie seien nach Hause gefahren, das dürften sie jeden Monat einmal. Daraufhin schickte er mich wieder raus. Doch ich glaubte ihm nicht – Waisenkinder hatten kein Zuhause, denn sonst würden sie ja nicht hier im Internat leben. Der Priester hatte bestimmt mit dem Verschwinden etwas zu tun, nur die Beweise fehlten mir. Ich hatte zwar das Gespräch belauscht, aber mich würden sicherlich alle für verrückt erklären, wenn ich ihnen sagen würde, dass ich das Gespräch in Gestalt einer Katze belauscht hatte.

Die Kinder sollten am Sonntagabend wieder da sein, das hatte mir der Priester auch noch verraten. Doch so war es nicht. Es kamen zwar Kinder an, aber das waren nicht die Mädchen und Jungen, die ich zuvor unterrichtet hatte. Außerdem waren sie deutlich jünger und alle sehr verängstigt. Sie wussten wohl nicht so recht, was sie hier an diesem fremden Ort sollten. Dann erschien der Priester, begrüßte alle sehr freundlich und erzählte den Kindern, dass das Kloster fürs Erste ihr neues Zuhause sein würde und sie hier Gottes Wort kennenlernen würden. Dann stellte er mich als Lehrerin vor und sagte mir noch, ich solle mich gut um die Kinder kümmern. Sie seien alle sehr verängstigt, aber das wäre bei Neuankömmlingen immer so. Von den alten Kindern sprach er nicht. Und ich fragte auch nicht weiter nach. Er hätte mich wahrscheinlich sowieso belogen.

Ich nahm mich also der unglücklichen Mädchen und Jungen an, brachte sie in einen Schlafsaal, wo sie erst einmal zur Ruhe kommen sollten. Als ich ihr Vertrauen erhalten hatte, erzählten sie mir, sie seien alle aus einer Schulklasse und bei einem Ferientörn in ihrer Unterkunft alle aus ihrem Schlaf gerissen und in einen Bus verfrachtet worden. Ihre Eltern wüssten sicherlich noch gar nicht, dass sie weg seien.

Ich versuchte, die Kinder ein wenig zu beruhigen, was mir auch gelang. Dann ging ich noch einmal zum Priester und wollte ihn zur Rede stellen. Doch dazu kam es gar nicht mehr, denn als ich seine Privatgemächer betrat, haute mir jemand von hinten auf den Kopf und ich fiel bewusstlos zu Boden.

Stunden oder Tage später – ich wusst es nicht, da ich mich an nichts erinnern konnte, wachte ich in einem Kellergewölbe auf. Es war kalt und dunkel und ich fühlte mich sehr unwohl. Bis ich ein leises Wimmern hörte und kurz darauf eine junge Frau in Ketten liegen sah, nur wenige Meter von mir entfernt. Ich hatte sie zuvor gar nicht bemerkt, denn meine Augen hatten sich ja erst an die Dunkelheit gewöhnen müssen. Als Katze wäre mir das nicht passiert!

Die junge Frau, die ebenfalls eine Ordenstracht trug, weinte und sah sehr schlecht aus. Ich sagte zu ihr: „Hallo, bist du die Nonne, die die Kinder immer betreut hat?“

Sie antwortete mit leiser Stimme: „Ja, das bin ich. Und wer bist du?“

„Mein Name ist Zaubermaus.“

Wir unterhielten uns eine Weise ganz leise und sie erzählte mir, dass sie schon seit über einem Jahr hier wäre. Offiziell als Nonne, die für eine Zeit aus einem anderen Kloster hierher versetzt worden war. Inoffizielle aber würde sie für die Polizei arbeiten. Hand in Hand mit einem Kollegen namens Frank Tschech. Bei diesem Namen horchte ich auf, denn so hieß mein Undercover-Freund, mit dem zusammen ich den letzten Fall gelöst und den ich vor dem Besuch beim Priester noch kurz angerufen und über die neuesten Entwicklungen informiert hatte.

Das freute die Nonne, die eigentlich auch Polizistin war, sehr. Und dann berichtete sie weiter: „Leider bin ich aufgeflogen und nun sitz ich hier seit Wochen im Keller fest und keiner weiß, wo ich bin.“

Ich sagte ihr, dass alles gut werden würde.

„Dazu gehört aber ein Wunder. Wir sind angekettet, falls es dir entgangen ist, Zaubermaus.“

Ich musste lachen, denn die junge Frau wusste offensichtlich nicht, wozu Zaubermaus so imstande war. Ich war ja schließlich nicht umsonst ein wandelbarer Katzenengel. „Warte einen Moment“, sagte ich nur und einen Augenblick später waren wir von unseren Ketten befreit. Manchmal war es doch recht praktisch, magische Kräfte zu haben.

Sie schaute mich fragend an und ich antwortete: „Tja, dabei hilft mein Boss. Aber nun lass uns hier verschwinden, vor uns liegt noch eine große Aufgabe.“

Um den Kinderhändlerring zu zerschlagen, mussten wir den Schleusern eine Falle stellen, aber dazu brauchten wir die Hilfe der Kinder. Wir sprachen lange mit ihnen, als wir – unbemerkt von dem Priester und seinen bösen Gesellen – wieder in ihrem Schlafsaal aufgetaucht waren. Die Kinder wussten nun, wie gefährlich die Mission werden würde und trotzdem wollten sie uns helfen.

In den nächsten Tagen versteckten Schwester Clara und ich uns, damit uns ja keiner finden und unseren Plan vereiteln konnte. Der Priester und seine Mannen hatten zwar festgestellt, dass wir aus dem Kellergewölbe verschwunden waren, aber sie hatten nirgends Spuren gefunden und die Suche nach uns schließlich aufgegeben.

Eines Tages war es dann so weit: Der Priester und die Schleuser wollten die Kinder holen und verkaufen, und zwar für sehr viel Geld. Die Schleuser waren bis zu den Zähnen bewaffnet – und das in einem Haus Gottes, das eigentlich allen Bewohnern und Besuchern zum Schutz dienen sollte. Sie holten also die Kinder aus ihren Räumen, öffneten die Kellertür und trieben die Mädchen und Jungen wie Vieh vor sich her. Schwester Clara und ich konnten das aus unserem Versteck sehr gut beobachten ... und das alles tat uns in der Seele weh. Wie konnte man so nur mit Kindern umgehen! Doch das war den Männern egal. Als sie dann noch anfingen, die Kleinen zu schubsten und zu schlagen, war das zu viel für mich, ich konnte das nicht mehr mit ansehen.

Ich kam also aus meinem Versteck und gab mich zu erkennen. Die Gesichter, die ich sah, waren eiskalt. Und dann sah ich die Pistolen, die auf mich gerichtet waren. Einer der Männer zielte direkt auf mich, dann fielen die ersten Schüsse, die mich jedoch nicht trafen. Waren es nur Warnschüsse gewesen? Um mich zu schützen, stellte sich Schwester Clara vor mich, sie meinte wohl, dies als Polizistin tun zu müssen.

Einen Wimpernschlag später fielen erneut Schüsse, dieses Mal aus der Waffe des Priesters. Und die verfehlten ihr Ziel nicht. Schwester Clara sackte getroffen zu Boden. Ich wurde darüber so wütend, dass ich mich vergaß. All meine Wut sammelte sich in mir, wurde größer und größer. Und dann geschah es: Vor den Augen aller Anwesenden verwandelte ich mich. Meine Pranken wurden riesig, mein Körper straffte sich und aus Nonne, die eigentlich eine hübsche Hauskatze war, wurde eine Raubkatze –

riesengroß und voller Wut. Die Verbrecher, die im ersten Augenblick wie erstarrt der Verwandlung zugesehen hatten, erholten sich allmählich von ihrem Schock und schossen dann wie wild um sich.

Doch die Kugeln konnten mir nichts anhaben und prallten so an mir ab. Ich rief den Kindern zu: „Haut ab, ich schaff das hier. Los, rennt!" Und dann kämpfte ich wie eine Löwin, die ihre Kinder beschützen wollte, gegen den Priester und seine Mannen. Es war ein kurzer Kampf, denn meinen gewaltigen Prankenhieben hatte niemand etwas entgegenzusetzen. Die Verbrecher fielen einer nach dem anderen zu Boden und blieben regungslos liegen. Nicht einen ließ ich entkommen.

Dann stand ich vor dem der Priester, der um sein Leben winselte und flehte. Und ich hatte tatsächlich Mitleid mit ihm. Nachdem ich meine menschliche Gestalt wieder angenommen hatte, fesselte ich den unter Schock stehenden Priester und führte ihn nach draußen. Dort hatten sich die Nonnen des Klosters, die von der ganzen Sachen mit dem Kinderhandel tatsächlich nichts gewusst hatten, wie sich später herausstellt, der Kinder angenommen. Wir sperrten den Priester in der fensterlosen Sakristei ein, eine der Nonnen verständigte per Telefon meinen Freund Frank Tschech und den Rettungsdienst, der schon wenige Minuten später eintraf.

Für die Verbrecher, die ich als Löwin attackiert hatte, konnten sie nichts mehr tun, wunderten sich aber über die ungewöhnlichen Verletzungen – solchen hatten sie in ihrer Sanitätsdienstzeit noch nie gesehen. Doch das wurde schnell zur Nebensache, als wir sahen, dass Schwester Clara, die ich bereits in der Hektik des Augenblicks für tot gehalten hatte, ein erstes, schwaches Lebenszeichen von sich gab.

„Oh nein, bitte, sie darf nicht sterben, sie ist ein guter Mensch", rief ich – und die Sanitäter lächelten.

„Sie ist sehr schwer verwundet und hat viel Blut verloren", sagte einer von ihnen. „Aber sie wird durchkommen, denn der Schuss, der die getroffen hat, war ein glatter Durchschuss und hat keine inneren Organe verletzt. Wir bringen die Schwester jetzt ins Kranken..."

Weiter kam er nicht, den in diesem Moment traf die Polizei ein. Vorne weg – Frank Tschech. Er stürzte auf seine verletzte Kollegin zu, die inzwischen sicher auf einer Trage lag, und rief: „Clara ..." Man merkte ihm an, dass er mehr als nur kollegiale Gefühle für die Frau hatte.

Ich nahm ihn zur Seite und sagte: „Sie wird wieder gesund." Dann gingen er und ich an einen ruhigen Ort und ich erzählte ihm in aller Ausführlichkeit, was ich in der Zeit meines Aufenthalts im Kloster in Erfahrung hatte bringen können.

Mit dem Wissen von Schwester Clara, die bald wieder vollständig genesen war, gelangt es der Polizei bald darauf, alle Mitglieder des Kinderhändlerrings zu verhaften – sogar die obersten Drahtzieher, die in einem Kloster in Süddeutschland beheimatet waren. Auch die Kinder, die über Jahre hinweg verschleppt worden waren, konnten in den Folgemonaten aufgespürt und in Sicherheit gebracht werden. Manche waren tatsächlich Waisen gewesen und hatten – trotz der bösen Absicht der Kinderhändler – gute Eltern gefunden. Alle anderen waren ihren Familien zurückgegeben worden, was vielerorts mit sehr großer Freude aufgenommen wurde.

Und diejenigen Mädchen und Jungen, die keine Verwandten mehr hatten, wurden in liebevollen Familien untergebracht, sodass sie ihre Vergangenheit aufarbeiten und von diesem Zeitpunkt an ein glückliches Leben führen konnte.

Der Katzengott hatte mir, nach meinem größten Auftrag bislang auf Erden überhaupt, versprochen, auf diese Kinder ein besonderes Auge zu werfen. Und sollten sich die Adoptiv- und Pflegeeltern nicht an ihr Versprechen halten, die Kleinen gut zu behandeln, so war ich – Zaubermaus – ja auch noch da.

Auch dem Priester wurde übrigens der Prozess gemacht. Doch er wurde als schuldunfähig in eine Anstalt für abnorme Rechtsbrecher eingeliefert. Immer wieder hatte er während seines Prozesses von einem Löwenangriff gefaselt, was alle Richter und Anwälte schließlich zu der Überzeugung gebracht hatte, dass der Priester nicht ganz richtig im Kopf war.

Wenn die wüssten ...

11

Mein nächster Auftrag verschlug mich wieder einmal ins Ausland. Ich fand mich nämlich nach dem Aufwachen in Norwegen wieder. Auf einem Schild am Ortseingang eines kleinen Dorfes nahe der Hauptstadt Oslo sah ich ein Schild mit der Aufschrift *Erfahrener Jäger gesucht*. Kaum hatte ich dies gelesen, erkannte ich mich kaum wieder – dieses Mal trat ich also als junger Mann mit einem Jagdgewehr auf. Oh nein, ich konnte doch kein Tier erschießen!

Plötzlich sprach mich ein älterer Herr von der Seite an: „Da sind Sie ja endlich. Warum stehen Sie hier so blöde vor dem Schild rum, wir warten schon seit Tagen auf Sie, kommen Sie mit, dann können wir die Einzelheiten bereden."

Wir gingen ein Stück des Weges gemeinsam und Frederik, so hier der Mann, erzählte mir, dass er hier im Ort der Bürgermeister sei und seit Wochen eine Seuche die Runde machen würde, die alle Tiere befallen würde. Als wir in seinem Büro angekommen waren, zeigte er mir Bilder der kranken Tiere und ich ahnte gleich Gutes. Ich hatte schon einmal solche Bilder gesehen – damals hatte niemand mehr helfen können. Ich erzählte das alles auch dem Bürgermeister, doch der war der Ansicht, dass ein guter Jäger das alles schon würde richten könne. Deshalb hätte er mich ja von der Obersten Jagdbehörde zur Unterstützung angefordert. Meiner Aussage, man müsse die ganze Gegend abriegeln, widersprach Frederik jedoch vehement. Dann schaute er mich an und sagte noch, dass es am nächsten Tag ein riesiges Fest geben würde, welches er nicht absagen können. Immerhin kämen viele Gäste auch aus Oslo ... und die würden eine Menge Geld in seinem Ort lassen.

„Sie müssen das Fest absagen", entgegnete ich, doch er blieb stur.

Plötzlich hörten wir die Sirenen. Wir verließen das Büro des Bürgermeisters und gingen nach draußen. Dort sahen wir zwei Krankenwagen Richtung Krankenhaus fahren. Ich sagte dem Bürgermeister, dass ich mich darum kümmern werde und er erst mal für die Sicherheit seiner Stadt sorgen solle, bevor er hier irgendein Fest startete. Doch er grinste nur und sagte: „Das wird schon nicht so schlimm werden."

Ich machte mich also auf den Weg ins Krankenhaus. Dort erfuhr ich, dass eine Familie von einem wild gewordenen Elch angegriffen worden war, der viel Schaum vor dem Maul gehabt hatte.

„Er biss unser Kind und mein Mann wurde aufgespießt und in die Luft geschleudert. Ich konnte mich gerade noch retten und Hilfe holen. Leider kam die Hilfe für meinen Mann zu spät, er verstarb im Krankenwagen. Und meinem Sohn geht es auch nicht so gut", erklärte die aufgelöste Frau, die ich auf der Intensivstation traf.

Ich fragte sie, ob ich mir vielleicht bei ihnen zu Hause einmal alles ansehen könne. Die Frau nickte und hatte nichts dagegen. Ich ging nun in das Zimmer, in dem ihr Sohn lag. Er sah wirklich nicht gut aus.

Trotzdem konnte er mit leiser Stimme sagen: „Oh, bist du eine schöne weiße Katze mit Engelsflügel und Heiligenschein."

Ich lächelte ihn an und flüsterte ihm leise zu, dass alles wieder gut werden würde, dann legte ich meine Hand auf seinem Kopf. Er schloss für einen Augenblick die Augen. Nach einigen Minuten machte er sie wieder auf und rief nach seiner Mutter. Sie konnte nicht glauben, dass es ihrem Sohn wieder gut ging.

Der Junge sagte: „Mutti, siehst du nicht die Katze?"

Ich sagte zu ihr, sie solle sich keine Sorgen machen, das habe er nur geträumt.

So machte ich mich nun auf den Weg, um das Tier zu finden, das für diesen Anschlag verantwortlich war. Doch ich konnte es auch nach stundenlanger Suche nicht finden und so ging ich unverrichteter Dingen ins Dorf zurück.

Dort hatte in der Zwischenzeit das Fest, von dem der Bürgermeister bei meiner Ankunft gesprochen hatte, so richtig Fahrt aufgenommen. Alleine die Lautstärke, die jetzt in dem kleinen Dorf herrschte, war unerträglich. Sonst aber schien alles in Ordnung zu sein – bis einer der Bewohner mit Schaum vorm Mund zusammenbrach. Dass anschließend einige Menschen in Panik ausbrachen, war klar.

Nur was zum Teufel war hier passiert? Es war ja weit und breit kein krankes Tier zu sehen. Doch das änderte sich blitzartig, als ich mich hinter einem der Festzelte umsah. Denn plötzlich sah ich einen riesigen Elch, der wutentbrannt auf mich zugerannt kam. Die Leute, die das miterleben mussten, schrien vor Entsetzen auf und rannten um ihr Leben. Nur ich blieb stehen. Ich ahnte, dass ich dem Elch nicht mehr helfen konnte. Mit einem gezielten Schuss brachte ich ihn zur Strecke. Wie gut, dass ich mein Jagdgewehr noch immer bei mir trug.

Ich ging zu Elch und sah, dass auch er Schaum vor der Schnauze hatte. Alles deutete darauf hin, dass es Tollwut hatte. Langsam beruhigt sich die Lage und der Bürgermeister war glücklich, dass er wieder einen neuen Braten für sein nächstes großes Fest hatte. Gerade wollte er den Elch ausweiden, da rief ich: „Lassen Sie das auf der Stelle sein!"

Darauf antwortete er: „Fleisch ist Fleisch, ich habe letzte Woche auch schon einen Elch erledigt. Und wie man sehen kann, den Leuten schmeckt es."

Mein Gesicht wurde rot vor Zorn und ich griff mir den Bürgermeister. „Schau dir diesen Mann an. Und jetzt schau dir den Elch an! Siehst du es? Wie viele haben von dem Fleisch gegessen?"

„Keine Ahnung", antwortete er ein wenig eingeschüchtert, da er wohl in diesem Moment erkannt hatte, was hier los war.

Ich rief also laut in die Menge: „Alle, die das Fleisch vom Bürgermeisterstand gegessen haben, müssen sofort ins Krankenhaus, und zwar schnell!"

Das ließen sich die Festbesucher nicht zweimal sagen. In Windeseile waren alle Richtung Krankenhaus verschwunden. Zum

Glück kamen alle noch mal glimpflich davon, denn durch mich waren alle frühzeitig auf das verdorbene Fleisch aufmerksam geworden. Der Bürgermeister jedoch verlor sein Amt und wurde mit einer kleinen Rente in den Ruhestand versetzt. Die Anwohner wollten mich gar nicht gehen lassen, doch das ging natürlich nicht. So wählten sie bald darauf einen neuen Bürgermeister, der dafür sorgte, dass diese seltsame Krankheit der Elche – die übrigens keine Tollwut war – dann bald auch ausgerottet werden konnte.

12

Seit einigen Wochen hatte ich immer das unbestimmte Gefühl, dass mich jemand verfolgte. Oder bildete ich mir das alles doch nur ein? War ich vielleicht ein wenig überarbeitet? Immerhin hatte ich seit meiner Ankunft auf Erden unablässig gearbeitet und mir kaum je eine Pause gegönnt. Ich spürte etwas, aber ich sah nichts – und doch täuschte mich mein Bauchgefühl nur selten.

Eines Tages, ich hatte gerade wieder einmal einen Auftrag abgeschlossen, da hörte ich bei einem meiner abendlichen Streifzüge auf einmal ein lautes Geschrei und Hilferufe. Ich sah, wie eine Rockerbande auf eine wehrlose Frau einschlug, oh man, wie tief konnte man nur sinken, um so auf eine wehrlose Frau loszugehen! Ich musste einschreiten, also brüllte ich so laut wie ein Löwe. Einer der Rocker drehte sich um und sagte: „Schaut euch mal das kleine Wollknäuel an! Es denkt, es sei ein Löwe." Lautes Lachen erklang dazu.

Hat der gerade zu mir gesagt, ich sei ein kleines Wollknäuel? Trotz meines Gebrülls ließen die Männer noch immer nicht von der Frau ab. Nun reichte es mir und ich sprang auf den Rücken eines Rockers und biss mich in seinem Genick fest! Oh, oh, das hätte ich wohl nicht tun sollen, denn der Typ packte mich und warf mich gegen eine Mauer, sodass ich bewusstlos zu Boden fiel.

Ich konnte gerade noch sehen, wie eine riesige Gestalt die Rockerbande – einen nach dem anderen – in Einzelteile zerlegte. Das war kein schöner Anblick. Das Wichtigste aber war, dass die Frau gerettet war. Dann bekam ich jedoch nichts mehr mit.

Nach einigen Stunden erwachte ich wieder. Ich lag in einem Körbchen und war in eine warme Decke eingewickelt. Da hatte sich einer sehr viel Mühe gegeben, mich warm zu halten. Dann hörte ich ein Rascheln, aber ich sah noch immer nichts. Ich hüpfte aus dem Korb, um mich ein wenig umzuschauen. Schließlich wollte ich wissen, wo ich gelandet war. Plötzlich sah ich etwas Hellgraues durch die Gegend flitzen. Aber was um Himmels willen war das nur? Ich rief: „Hallo, ist da jemand? Nun komm, zeig dich endlich! Ich kann auch anders. Ich hab keine Angst vor dir. Nun los, komm raus. Ich bin Zaubermaus, ich tu dir nichts, versprochen. Ich will mich auch für die Hilfe bedanken! Nun hab dich nicht so, komm raus."

Dann hörte ich wieder ein Rascheln, gefolgt von einem leisen Fiepen ... und sah etwas Graues an mir vorbeihuschen. Also überlegte ich mir, eine Falle zu bauen, um dieses Wesen einzufangen. Es vergingen Stunden, bis sich endlich etwas rührte. Ich war inzwischen eingeschlafen, doch dann hörte ich ein lautes Piepen und eine mir nicht unbekannte Stimme, die laut rief: „So ein Mist, wie konnte mir das passieren!"

Ich ging nun auf meine Falle zu und das, was ich da sah, wollte ich eigentlich nie mehr sehen. „Paul, bist du das?", rief ich überrascht und erhielt sogleich als Antwort: „Ja ich bin es, Paul! Würdest du mich jetzt bitte hier rauslassen!"

„Bevor ich dich jetzt aus dieser Falle lasse, erzähl mir lieber erst einmal, warum du mich seit Wochen verfolgst!" Denn nun wusste ich es, dass er es gewesen war, der mich auf Schritt und Tritt verfolgt hatte. Paul, eine Maus mit Heiligenschein und kleinen Flügeln, Sohn des Leibhaftigen in der Hölle und, als ich ihn das letzte Mal gesehen hatte, in der Gestalt eines goldenen Drachen unterwegs. Jetzt schaute er mich aus seinen Knopfaugen an, denn hier auf Erden war er als einfache graue Maus unterwegs. Oder ob er sich auch verwandeln konnte?

„Nun ja, unser Boss war der Meinung", sagte er, „dass du ab und zu ein wenig Hilfe gebrauchen könntest. Also hab ich dich ab und zu unterstützt."

„Paul, du schwindelst mich an, ich merke das. Los, was ist wirklich passiert!"

Nach kurzem Zögern antwortete er: „Ist ja gut, Zaubermaus. Milli und ich haben zurzeit eine Ehekrise und da hat mein lieber Schwiegervater beschlossen, dir Unterstützung zu schicken. Und danke der Nachfrage, Milli und den Kindern geht es gut. Und bevor ich es vergesse, Zaubermaus, ich verfolge dich tatsächlich schon eine ganze Weile. Denn es wohl so, dass auch ich mich ab und zu verwandeln kann. Wie sieht's aus, Zaubermaus, wollen wir zwei es mal zusammen probieren? Vielleicht kann ich dir ja ab und zu helfen!"

„Ich musste mir das erst mal durch den Kopf gehen lassen", sagte ich. „Gib mir einfach die Zeit, es mir zu überlegen, okay, Paul?"

Paul schaute mich an und nickte. „Okay, Zaubermaus, aber bitte verzeih mir, ich wollte dich nicht erschrecken. Dass es heute so gelaufen ist, war nicht meine Schuld, aber das hättest du heute nicht alleine geschafft. Die Rockerbande war einfach zu gefährlich! Ich verfolge sie schon seit Wochen."

„Nun ja, Paul, anscheinend will unser Katzengott ja, dass wir zwei zusammen arbeiten! Du darfst mich also eine Weile begleiten." Und dann fiel mir ein, was vor einiger Zeit der Mitarbeiter des Obdachlosenheims zu mir gesagt hatte: „Wir haben ja schließlich beide den gleich Boss."

Paul war nun als zweiter Engel an meiner Seite. Und mit der Zeit bemerkte ich, dass er zwar immer noch ein unverbesserlicher Draufgänger, aber durchaus zuverlässig war. In manchen Situationen war es gar von Vorteil, zu zweit agieren zu können.

Unser nächster Auftrag führte uns an eine Schule, bei der Gewalt und Drogenexzesse auf der Tagesordnung standen, sodass sogar die Lehrer Angst hatten, dort zu unterrichten. Wie es der Zufall wollte, gab es gleich zwei Stellen, die frei waren, denn die meisten Leute, die hier arbeiteten, hielten es hier nicht wirklich lange aus. Frei waren eine Lehrerstelle und eine Hausmeisterstelle. Und so wurde ich Lehrer für Mathematik und Physik und Paul eben Hausmeister. Paul durfte die Schule sauber halten und Reparaturarbeiten ausführen.

Gleich unser erster Tag verlief sehr anstrengend. Paul wurde gleich geärgert, sein Eimer wurde öfter umgestoßen oder ihm wurden irgendwelche Beleidigungen an den Kopf geworfen, also die üblichen Streiche der Schüler. Aber Paul war nicht sehr empfindlich, immerhin regierte sein Vater, der Katzenteufel, sein Reich nicht gerade zimperlich.

Ich bekam im Gegenzug eine sehr aufmüpfige Klasse. Sie hatten alle keinen Respekt, spielten, grölten rum, tranken sogar Bier im Unterricht und rauchten mitten in der Stunde, sodass kein Lehrer die Klasse unterrichten wollte. Nun betrat ich den Unterrichtsraum. Ich tat so, als ob keiner da wäre, und setzte mich an mein Pult. Um mich herum wurden Papierkugeln geschossen und eine Bierdose flog ganz knapp an meinem Kopf vorbei. Irgendwann reichte es mir und ich schrie sehr laut: „Es reicht jetzt!“

Doch die Schüler lachten nur: „Was will denn der Spinner hier bei uns in der Klasse!“

Auf diese unverschämte Aussage hin antwortete ich in Rage: „Was der Spinner hier will? Er ist ab heute euer neuer Lehrer und ab heute weht hier ein anderer Wind! Ab jetzt heißt es lernen, Hausaufgaben, Noten und später den Abschluss machen.“ Und so begann ich den Unterricht, auch wenn niemand mir folgte. Bald klingelte es und die Stunde war vorbei. Mit einem lauten Poltern verschwanden die Schüler aus der Klasse. Das konnte ja heiter werden.

Nun musste ich erst aber einmal sehen, wo Paul abgeblieben war, als Hausmeister hatte man nicht gerade einen leichten Job. Ich hörte auf dem Flur ein leises Wimmern. Oh nein, Paul saß auf einem Hocker und war gefesselt und geknebelt und konnte sich nicht bewegen. Außerdem hatte er ein Schild um den Hals, auf dem drauf stand: *Loser*. Mir blieb nichts anderes übrig, als Paul zu befreien. Er grinste und rief: „Ich bin eine Waldfee, ich bin eine Waldfee. Und wer bist du? Magst auch mal so eine Spaßpille haben?“

Unglaublich! Die Schüler hatten den armen Paul mit Pillen vollgestopft und er hatte sich nicht wehren können. Ich schleppte ihn zum Klo, wo er sich übergeben musste, denn der Arme war ja nicht mehr Herr seiner Sinne.

Nach gut einer Stunde hatte ich Paul wieder einigermaßen fit. Zwar grinste er immer noch wie ein Scherzkeks, aber er konnte zum Glück laufen. Nun konnten wir die Schule verlassen und das, was wir sahen, war eigentlich nicht das, was wir sehen wollten. Wir sahen, wie ein Schüler vor der Schule die kleinen roten und weißen Pillen verkaufte, die sie auch Paul gegeben hatten, doch als er uns sah, rannte er so schnell weg, wie er konnte. Das Drogenproblem an der Schule war also unübersehbar und wir wunderten uns, dass niemand etwas unternahm. Ich telefonierte noch am selben Tag mit dem Direktor, doch der sagte nur, er und seine Kollegen hätten Angst, aber wenn ich etwas unternehmen wolle, so könnte ich das gerne tun.

Schon am nächsten Morgen musste sich Paul deshalb an die Eingangstür stellen und eine Taschenkontrolle durchführen. Dass das einigen Schülern nicht schmeckte, war Paul und mir aufgrund der Kommentare, die wir zu hören bekamen, schon bald klar. Doch wir fanden nicht nur Drogen, sondern auch Messer, Schlagringe und natürlich jede Menge Zigaretten. Wir konfiszierten alles.

Dann ging es wieder in den Unterricht. Anfangs dachte ich schon, dass sie jetzt austicken würden. Aber zu meinem Erstaunen waren sie alle sehr still und machten genau das, was ich wollte. Und wie ich so fest stellen konnte, waren einige sogar recht gute Schüler. Endlich klingelte es und der Unterricht war zu Ende. Bevor ich das Klassenzimmer nach einem halbwegs guten Tag verließ, steckte mir einer der Schüler noch einen Zettel zu, auf dem stand:

Nehmen Sie sich vor Kahn in acht, er ist gefährlich!

Wohin waren Paul und ich hier nur geraten! Nun verließ ich den Klassenraum, um Paul zu suchen, aber ich fand ihn nicht. Dabei hatte ich Paul extra gesagt, er solle auf sich aufpassen. Dann hörte erneut ich ein leises Wimmern, es kam aus dem Männer WC. Ich machte die Tür auf und wen sah ich – Paul.

Er war mal wieder einmal gefesselt, die Hosen waren unten gezogen und auf einem Schild, das um seinen Hals hing, stand:

Sooo klein ist er.

Ich befreite ihn. Paul war erleichtert und sagte: „Ich muss mein Büro noch abschließen, bevor wir nach Hause gehen." Wir teilten uns nämlich eine kleine Butze nicht weit von der Schule entfernt.

„Okay", antwortete ich, „ich warte hier auf dich!"

Was ich nicht gesehen hatte, war, dass Kahn hinter meinem Rücken stand und mit einer Schrotflinte auf mich zielte. Paul rief völlig außer sich: „Zaubermaus, pass auf, hinter dir!"

Ich drehte mich um, da fiel ein Schuss. Ich sah die Kugel direkt auf mich zufliegen und hörte nur noch, wie Paul rief: „Duck dich, Zaubermaus." Ich konnte mich gerade noch rechtzeitig auf den Boden schmeißen und auch Paul verfehlten die Schrotkugeln nur ganz knapp.

„Paul, alles okay?", rief ich sogleich.

Paul zeigte mir den Daumen. Da hatten wir zwei gerade noch mal Glück gehabt. Was waren das hier nur für Höllenschüler!

Plötzlich hörten wir aus einer Klasse laute Hilferufe. Kahn hatte eine ganze Klasse als Geisel genommen, weil er wohl befürchtete, dass wir ihn jetzt fertigmachen würden. Er fühlte sich anscheinend in die Enge getrieben und hatte Angst, dass seine Drogengeschäfte, die er hier an der Schule tätigte, nun ans Licht kommen würden. Irgendwie musste ich ihn beruhigen. Doch wieder fielen Schüsse.

Ich rief: „Junge, mach kein Mist! Es gibt für alles eine Lösung! Gib auf und schmeiß die Knarre weg."

Aber das war leider noch nicht das Ende der Fahnenstange, denn nun rief Kahn: „Sollte einer reinkommen, sprenge ich uns alle in die Luft! Also haut ab, solange ihr noch könnt!"

Ich schaute Paul an und flüsterte ihm etwas ins Ohr, denn ich wusste, dass eine Sondereinheit schon unterwegs hierher war,

Paul hatte natürlich sofort die Polizei verständigt. Nun mussten Paul und ich aber in der Zwischenzeit bis zum Eintreffen der Beamten mit allen Mitteln ein Blutbad verhindern. Was jetzt natürlich schwieriger geworden war. Als ich mich umdrehte, war Paul auf einmal verschwunden. „Dass der Kerl auch nie auf mich hören kann", dachte ich laut.

Bald stand das Sonderkommando vor der Tür und die zögerten nicht lange. Die Polizisten waren zu allem entschlossen. Ich musste ihnen deshalb erst mal klarmachen, dass sie nicht stürmen sollten, weil wir, Paul und ich, gerade an einer Lösung arbeiten würden. Der Einsatzleiter gab uns eine Stunde Zeit, dann würde er die Klasse stürmen – den Rest der Schule würde er allerdings bis dahin evakuieren lassen, ganz egal, was dieser Paul und ich vorhätten.

Ich rief noch einmal: „Kahn, mach keinen Mist! Noch können wir alles regeln!"

„Ich geh nicht in den Knast!", brüllte er mir entgegen.

„Das wird leider passieren, aber ich verspreche dir, du bekommst einen guten Anwalt."

Plötzlich hörte ich ein leises Piepsen. War das Paul? Hatte er sich verwandelt? Ich hoffte, dass Paul keine Dummheiten machen würde.

Die Schüler hinter der verbarrikadierten Tür riefen wild durcheinander: „Hilfe, eine Ratte läuft hier rum und die ist sehr groß!" Das konnte nur Paul sein!

Dann fielen wieder Schüsse, die Kinder schrien erneut. Plötzlich gab es eine Explosion und eine Druckwelle schleuderte mich zu Boden. Als der Staub verflogen war, rief ich: „Ist einer verletzt?"

Zum Glück alle wohlauf. Jetzt galt es, die Kinder aus der Klasse zu befreien, die Kahn gekidnappt hatte. Wir öffneten – wie durch ein – Wunder die zuvor verschlossene Tür und sahen, dass alle Mädchen und Jungen unverletzt waren. Gott sei Dank! Nur Kahn war sehr schwer verletzt, ob er es schaffen würde, stand in den Sternen.

Die Kinder erzählten uns, dass eine riesige Ratte sich schützend vor sie gestellt und ihnen damit das Leben gerettet hatte. Ich fragte mich in diesem Moment, was nun mit Paul war?

Plötzlich tippte mir jemand auf die Schulter und sagte: „Wenn ihr jetzt denkt, dass ich hier alles alleine sauber mache, dann habt ihr euch alle schön geschnitten."

Ich drehte mich um und war unfassbar erleichtert, als ich sah, dass Paul hinter mir stand. Einige Schüler beschlossen, eine Gruppe mit dem Titel *Keine Macht den Drogen* zu gründen. Dort konnten sich jetzt junge Schüler melden, wenn sie Probleme hatten oder von den Drogen wegwollten. Denn einige Mädchen und Jungen waren natürlich abhängig geworden. Die Gruppe war eine echt gute Sache.

Kahn konnte zwar gerettet werden, aber er sitzt eine hohe Jugendstrafe ab, die sich gewaschen hat. Das geschieht ihm aber auch ganz recht.

Paul und ich blieben noch eine Woche an der Schule, um sicherzugehen, dass alles okay war. Und erst da erzählte mir Paul, wie er in dem Chemieraum, in dem Kahn die Klasse eingesperrt hatte, eine Explosion entfacht hatte ...

13

Paul und ich waren zu Hause und hatten einen anstrengenden Tag hinter uns, als wir vor unserem Haus plötzlich einen dumpfen Aufprall und Leute schreien hörten. Paul und ich rannten, so schnell wir konnten, nach draußen und sahen sofort, dass ein Unfall passiert war. Ein kleines Mädchen lag verletzt auf der Straße und Paul und ich konnten gerade noch sehen, wie eine schwarze Limousine an uns vorbeiraste. Mehr konnten wir aber nicht erkennen. Wir wandten uns dem Mädchen zu, sein kleiner Stoffbär lag neben ihm und sein Atem war sehr schwach. Ich spürte, die Zeit rannte uns davon. Wir mussten dieses kleine Mädchen auf dem schnellsten Weg ins Krankenhaus schaffen. Es war zwar bereits ein Krankenwagen verständigt worden, aber von ihm war weit und breit noch nichts zu sehen.

„Es gibt einen Großbrand im Altenheim am anderen Ende der Stadt", rief mir ein Passant zu.

„Paul, du wirst hierbleiben, ich bringe das Kind ins Krankenhaus, du vernimmst hier die Leute, die den Unfall gesehen haben."

Paul fragte: „Dürfen wir das denn?"

Aber ja, wir durften das, wir waren heute nämlich als Zivilpolizisten unterwegs.

Ich nahm das kleine Mädchen, legte es in unseren Wagen und raste, so schnell ich konnte, ins Krankenhaus, das nur eine Straße weiter lag. Über Funk benachrichtigte ich das Krankenhaus, sodass sie schon draußen standen und mir das kleine Mädchen abnahmen, als ich dort ankam. Das Leben des kleinen Mädchens hing am seidenen Faden.

Bald kam auch Paul ins Krankenhaus. Er sagte mir, dass kaum einer der Passanten etwas gesehen hatte, sie hatte alle nur wie er und ich eine schwarze große Limousine gesehen, die davongerast war. Paul fragte mich, wie es dem Mädchen ginge. Ich wusste es nicht, denn die Kleine wurde bereits operiert. Inzwischen hatten die Schwestern die Eltern des Kindes benachrichtigt, sie waren am Boden zerstört. Ich ging zu ihnen und erzählte, was passiert war. Endlich kam ein Arzt, doch er sah nicht gerade glücklich aus. Er erzählte, dass wir die nächsten 24 Stunden abwarten müssten, um zu sehen, ob die Kleine den Unfall überleben würde oder nicht.

Paul und ich schauten uns an, wir zwei wussten, dass wir den Täter suchen und ihn zur Rechenschaft ziehen mussten. Er durfte nicht so einfach davonkommen. Ich ging zu den Eltern und versprach, dass wir das Schwein finden würden. Paul nahm mich zur Seite: „Wie sollen wir denn den Fahrer finden? Wir haben doch nichts in der Hand."

Ich schaute Paul an. „Wir kriegen ihn", sagte ich bestimmt.

„Und wie?"

„Wir werden alle Werkstätten abfahren, denn irgendwo muss ja die Limousine repariert werden. Die Beule muss ziemlich groß sein nach so einem Unfall", antwortete ich entschlossen.

Wir fuhren erst ins Büro und schauten im PC nach, ob irgendwo jemand einen Schaden gemeldet hatte, der im Zusammenhang mit einer schwarzen Limousine stehen konnte. Und Bingo – ein wohlhabender Mann, dessen Name jeder kannte, gab an, dass seine Limousine geklaut worden war. Und zwar kurz bevor der Unfall passiert war. Irgendwie kam mir die Sache nicht gerade logisch vor, ich spürte, dass da was nicht stimmte.

Also beschlossen wir zwei, bei dem Knaben vorbeizuschauen, um mehr zu erfahren. Als wir ankamen, blieb mir fast die Luft weg. Oh mein Gott, war das ein Luxushaus!

Wir klopften an die Tür und es machte uns ein Butler auf, der anscheinend sehr nervös war. Paul war natürlich wieder sehr vorlaut und sagte gleich: „Wir würden gern den Hausherrn oder die Hausherrin sprechen. Es geht um den Diebstahl der Limousine."

Doch der Butler lachte nur und sagte: „Die steht doch in der Garage!"

Paul schaute mich an und fragte: „Zaubermaus, verstehst du das jetzt?“ Ich zuckte nur mit den Schultern. Dann stand auf einmal die Hausherrin vor uns. Ich hatte das Gefühl, dass sie nicht ganz nüchtern war und möglicherweise auch unter Drogen stand. Ich fragte sie, wo denn ihr Mann sei.

Sie lachte nur. „Der alte Sack liegt im Kofferraum unsere Limousine.“

Ich dachte erst, das sei ein Scherz, doch nach einem kurzen Moment rannte Paul schnell zur Garage und öffnete den Kofferraum der Limousine, die tatsächlich in der Garage stand. Zum Glück lebte der Mann noch und hatte nur eine kleine Beule am Kopf.

Doch dann rief Paul: „Zaubermaus, komm mal schnell. Ich glaube, das ist der Wagen, den wir suchen!“

Nun wurde es aber langsam Zeit, die Wahrheit rauszubekommen! Ich half dem Hausherren also aus dem Kofferraum. Oh man, hatte der eine Fahne. Wir brachten ihn ins Haus, leider war er überhaupt nicht ansprechbar. Der Einzige, der hier nüchtern war, war der Butler.

Damit sie uns nicht abhauen konnten, nahmen wir alle drei mit aufs Revier. Der Wagen kam zur Untersuchung mit und tatsächlich – es war der Unfallwagen, der das arme Mädchen angefahren hatte.

Nach einer neunstündigen Vernehmung gab der Butler zu, dass die Hausherrin gefahren sei und ihr Mann ins Lenkrad gegriffen habe. Er selbst saß hinten. Er weinte und sagte, er wollte es ja verhindern, aber das sei ihm nicht gelungen.

Ich schaute den Butler an und sagte: „Ich wünsche mir, dass das Mädchen wieder gesund wird.“

„Und was passiert nun mit mir und meinen Herrschaften?“, fragte der Butler mit Tränen in den Augen.

„Nun ja, die beiden bekommen ihre Strafe und ...“

Da fiel Paul mir ins Wort. „Wir könnten uns aber natürlich auch einigen. Die beiden Herrschaften bleiben in Freiheit und sorgen dafür, dass es der Familie und dem Kind künftig an nichts fehlen wird. Außerdem müssen die beiden für all die Kosten aufkommen, die durch den Unfall noch anstehen."

Der Butler schaute zunächst entsetzt, doch dann auch wieder beruhigt. Er willigte ein und versprach, künftig besser auf seine Herrschaften aufzupassen. Außerdem würde er allen Alkohol im Hause auskippen.

Nun ging ich mit Paul ins Krankenhaus zurück, um zu sehen, wie es der Kleinen ging. Sie hat die OP gut überstanden. Ich ging zu den Eltern und sagte ihnen, dass alles wieder gut werden würde und sie sich auch um die Kosten keine Sorgen machen müssten. Der Täter würde sich künftig um das Wohlergehen der Familie kümmern. Dann ging ich in das Zimmer, in dem die Kleine lag. Sie war noch nicht aus dem Koma erwacht. Ich nahm ihre Hand und streichelte sie. Auf einmal sah ich, wie sie ihre Augen öffnete und leise sagte: „Oh, bist du aber eine süße Katze!"

Ich sagte ihr, dass ihre Eltern auch hier seien: „Ich schick sie dir rein. Mach's gut, Kleine." Und schon war ich wieder durch die Tür verschwunden. Ich ging zu den Eltern und sagte: „Ihre Tochter ist wach!" Sie weinten vor Glück und gingen zu ihr.

14

Als wir unseren Auftrag erfüllt hatten, konnten wir zwei nicht ahnen, was als Nächstes auf uns zukommen würde. Eigentlich hofften wir ja, dass unser Boss es mal gut mit uns meinen würde. Aber stattdessen hatten wir schon am nächsten Tag nach dem Aufstehen komplett schwarze Sachen an. Ich schaute in den Spiegel und bemerkte, dass ich ein Priestergewand trug. Nur Paul hatte was anderes an, irgendwie sah er sehr komisch aus, aber das musste er ja nicht wissen.

Doch plötzlich rief Paul: „Ich bin eine Frau! Herrje, ich bin eine Frau!" Entsetzen stand in seinem Gesicht.

„Haha, das ist doch super, Paul", lachte ich. „Oder soll ich lieber Paulina zu dir sagen?" Ich grinste. Nun aber Schluss, wir mussten jetzt erst einmal herausfinden, warum wir nur hier waren und in diesen komischen Kostümen steckten.

„Oh mein Gott, oh mein Gott, unser Pfarrer hat sich das Leben genommen!", rief plötzlich eine entsetzte Stimme.

Ich schaute mich um und sah einen Mann, dem Aussehen nach wohl ein Ordensbruder, der schrie und ein Stück Stofffetzen in der Hand hielt. Da die Polizei bereits eingetroffen war, konnte dies ja wohl kaum unser Fall sein, dachte ich mir. Aber da lag ich wohl falsch, auch wenn die Polizisten bald wieder abzogen und uns versicherten, dass der Pfarrer Selbstmord begangen habe.

Ich sagte zu Paul: „Lenk sie mal bitte ab." Und hatte dann nur noch einen Blick für den Fetzen, der noch immer in Händen des Ordensbruders war. Ich ging auf den Mann zu, den nun jämmerlich weinte, und nahm ihm den Stoff ab. Das war ja einfach gewesen. Ich besah mir den Fetzen genauer, fand Blut daran – und das kam mir schon wieder verdächtig vor. Sollten die Beamten vielleicht etwas übersehen haben. Paul und ich beschlossen also, für eine Weile bei den Ordensbrüdern zu bleiben. Wir gaben uns als Pilger aus – gläubige Ordensleute auf dem Weg zum Jakobsweg – und wurden mit offenen Armen aufgenommen. Paul als Ordensfrau und ich als Pater, na, wenn das mal gut ging.

Die nächsten Tage waren wenig spektakulär und Paul und ich überlegten schon, ob wir unsere Mission nicht abbrechen sollten, denn es passierte hier – rein gar nichts.

Dann aber stellte ich mir die Frage: Ein Priester, der den Freitod wählte? Da musste es doch etwas geben, das alle anderen sicherlich unter dem Teppich halten wollten. Andererseits – wer sollte einen harmlosen Pfarrer umbringen wollen?

Ich begann also, mit den Leuten der Kirchengemeinde und des Klosters zu reden, und bekam nach und nach raus, dass der Priester herausgefunden hatte, dass hier jemand Kirchengelder unterschlagen hatte. Das war natürlich ein brisantes Thema.

Man erzählte sich außerdem, dass hier im Kloster auch so eine Art Bruderschaft geben würde und keiner das Kloster so einfach verlassen könne. Eines Tages sahen wir einen Priester in einem roten Umhang durch die Kirche laufen. Er rannte, als ob er verfolgt würde, aber wir sahen keinen Verfolger.

Langsam wurde es Abend und Paul und ich waren noch immer keinen Schritt weitergekommen. Dann hörten wir plötzlich lautes Geschrei. Oh nein, den Priester, den wir heute am Morgen noch gesprochen hatten, war kopfüber in ein Weinfass gestopft worden. Das war natürlich auch kein schöner Tod. Oder vielleicht doch, wenn er Wein mochte ... Er lag da, als wäre er rein zufällig in das Fass gestolpert und dann ertrunken. Aber warum war Weinfass oben überhaupt geöffnet? So sah doch kein normales Weinfass aus ...

Die Polizei rückte an und wieder konnte keiner ein Fremdverschulden feststellen. Auch Paul und ich waren ratlos. Wir hatten den Polizisten zwar von dem angeblichen Finanzskandal erzählt, aber die hatten nur mit den Achseln gezuckt. Also mussten wir zwei alleine weiter ermitteln, wollten wir nicht noch einen ungewöhnlichen Todesfall erleben. Natürlich war mir klar, dass die anderen Priester und Nonnen die im und um das Kloster herum wohnten, Angst hatten. Paul beschloss dann, sich unbedingt im Kellergewölbe umzusehen. Ich sagte noch zu ihm, dass eine Frau da unten nichts zu suchen habe, doch Paul lachte nur und sagte: „Klar, aber ich bin eine harte Frau!“ Nun ja, aufhalten konnte ich ihn nicht. Er war schneller weg, als ich schauen konnte.

Stunden vergingen, doch Paul kam nicht zurück. Langsam machte ich mir Sorgen um ihn. Ich hatte ihm ausdrücklich gesagt, er solle sich aus Schwierigkeiten heraushalten. Ich ging in unser Zimmer und wollte nachschauen, ob er sich vielleicht dort aufhielt. Doch auch dort war er nicht. Das Einzige, was ich sah, war, dass auf dem Boden ein kleines Tuch lag. Ich hob es auf und roch daran. Oje, irgendwie roch es nach einem bestimmten Betäubungsmittel. „Chloroform“, ging es mir durch den Kopf.

Plötzlich hörte ich es rascheln. Es kam aus einer Holzkiste, die verschlossen war. Ich ging zur Kiste und öffnete sie. Ich war erstaunt, was ich da zu Gesicht bekam. Es war eine wunderschöne Nonne. Sie war komplett weiß angezogen und ihr Gesicht sah aus wie das eines Engels. Sie erzählte mir, dass eine Nonne mit schwarzem Habit sie aus dem Kellergewölbe befreit und sie dann anschließend hier in der Kiste versteckt habe, um sie vor der Bruderschaft zu verstecken. Denn sie wollten sie als Jungfrau opfern, damit sie hier weiter vor dem Bösen beschützt würden. Doch leider waren einige Priester dahintergekommen, dass hier in der Kirche etwas nicht stimmte. Die wurden dann, so die weiße Nonne, einfach unsanft entfernt. Und keiner konnte die Täter bisher aufhalten. Die Polizei hatte alle Vorfälle immer als Unfall und Selbstmord abgehakt.

„Was für eine Geschichte!“, dachte ich. Und alledem sollten Paul und ich ein Ende bereiten. Nun war ich froh, dass der kleine Kerl an meiner Seite weilte, denn ohne ihn wäre ich hier ziemlich aufgeschmissen. Nur schade, dass ich gerade nicht wusste, wo sich Paul aufhielt.

Die weiße Nonne erzählte mir dann, dass nun Paul als Opfer für das Böse herhalten sollte. Doch was alle nicht wussten – Paul war ja nur magisch in die Haut einer Nonne geschlüpft, in Wahrheit war er ja immer noch eine Maus aus dem Katzenhimmel. Und ein wenig schmunzeln musste ich trotz der Gefahr auch: Denn wenn Paul eines ganz sicher nicht mehr war, dann Jungfrau.

Ich fragte die weiße Nonne, wo die schwarze Nonne, also Paul, sie denn gefunden habe. Sie schüttelte jedoch nur den Kopf und sagte, dass sie dort auf keinen Fall noch einmal runtergehen werde. Nun ja, irgendwie musste ich Paul ja aus der Lage wieder rausholen. Nichts als Ärger hatte ich mit dem Kerl, er sollte mal besser anfangen, auf mich zu hören!

Das Wichtigste war jetzt aber, Paul aus seiner sicherlich misslichen Lage zu befreien. Ich schlich mich leise nach unten und sah ihn fast nackt auf einem Opfertisch liegen. Neben ihm stand ein großer Kerl. Also rief ich laut: „Lasst ihn ... äh ... sie in Ruhe, sonst passiert was!"

Es wurde still, fast schon zu still. Die Mitglieder dieser teuflischen Bruderschaft der Priester, die allesamt rote Umhänge trugen, drehten sich zu mir um und schauten mich an. Sie schrien: „Da steht der Teufel persönlich! Lauft alle weg!"

Ich schrie: „Hier läuft keiner weg! Lasst die Frau frei, sonst passiert was!"

Paul schaute mich an und sagte nur leise: „Zaubermaus, wie siehst du denn aus?"

Doch ohne auf seine Frage zu antworten, sagte ich: „Zieh dich an und verschwinde hier aus dem Keller."

Das ließ sich Paul nicht zweimal sagen. Ich rief der Bruderschaftlern zu: „Ihr seid jetzt fällig! Entweder ihr stellt euch selbst der Polizei oder ich knüpfe mir jeden von euch einzeln vor." In diesem Moment wurde mir schwindelig, weißer Rauch zog auf und ich sah nur noch, wie einige der Bruderschaft in diesem Rauch verschwanden.

Einer rief mir zu: „Dieses Mal hast du gewonnen, aber wir werden uns bestimmt irgendwann wiedersehen!"

Ich fiel derweil in einen Tiefschlaf. Nach einigen Stunden wurde ich unsanft mit einem Eimer Wasser im Gesicht wach gemacht. Ich wollte gerade richtig böse schimpfen, aber da sah ich Paul, der nur grinste. Ich fragte ihn, ob das wirklich sein musste. Aber nun ja, ich war zufrieden, dass bei Paul alles in Ordnung und ihm nichts passiert war.

„Paul, du hast Glück gehabt, dass du nicht entjungfert wurdest", sagte ich daraufhin lachend zu ihm.

Paul grinste nur. Natürlich kam wenig später auch die Polizei wieder und nahm alles auf, was wir zu erzählen hatten. Nur die Sache mit der Bruderschaft wollten sie uns nicht so recht glauben. Was mir aber auffiel, war, dass die Polizisten dieselbe Tätowierung am Arm trugen wie die Padres dieser Bruderschaft. Von der weißen Nonne fanden wir auch keine Spur mehr. Sie war einfach verschwunden – wie undankbar.

Irgendwie kam Paul und mir dieser Auftrag sehr komisch vor. Dann sah ich an der Wand einen Kalender hängen und merkte, dass es der 31. Oktober war. Hatten wir Halloween? War unser Auftrag nur ein Traum gewesen. Oder doch real?

15

Paul und ich waren noch ganz benommen, als wir schon am nächsten Tag auf eine neue Mission geschickt wurden, denn so ganz hatten wir immer noch nicht verstanden, ob wir am Tag zuvor einem Scherz aufgesessen waren. Deshalb waren wir ganz froh, dass uns der Katzengott dieses Mal in eine Kleinstadt schickte. Wir hörten, dass ein reicher Mann zwei Leibwächter suchen würde.

„Na, Paul, hast du Lust wieder mal was zu erleben?“, fragte ich ihn scherzhaft. Denn über Langeweile in unserem Leben konnten wir wahrlich nicht klagen.

„Klar, warum nicht?“, antwortete Paul mit einem Augenzwinkern. Also suchten wir gemeinsam den älteren Herren auf, der unbedingt Leibwächter brauchte. Wir standen vor einem riesigen Bungalow und klingelten. Es öffnet uns wieder einmal Butler. Ich hatte gar nicht gewusst, wie viele Menschen hier auf der Erde von einem Butler bedient wurden.

„Ah, die Leibwächter für den Herrn sind da, kommen Sie rein! Er wartet schon auf Sie“, begrüßte er uns sofort. Na ja, war ja auch nicht schwer zu erkennen, wer wir waren, stand doch auf unserem Shirt, das wir an diesem Tag trugen, das Wörtchen *Security*.

Wir stellten uns trotzdem bei dem Mann kurz vor und konnten schon am nächsten Tag unseren neuen Job offiziell antreten. Das Erste, was wir tun mussten, wir begleiten Mark, so war sein Name, in sein Büro. Dort warteten bereits seine Angestellten. Wir stellten bald fest, dass Mark nicht besonders beliebt war, aber das war auch kein Wunder, so wie er seine Leute behandelte. Er hatte nicht ein einziges freundliches Wort für sie über. Wenn er nicht auch unser Auftraggeber gewesen wäre und wir nicht gewusst hätten, dass noch eine ganz besondere Aufgabe vor uns lag, dann hätten Paul und ich diesem Typen mal so richtig die Meinung gesagt. Das taten wir nun allerdings nicht, denn es gab Wichtigeres für uns zu tun, als diesen Stinkstiefel zu erziehen.

Nach dem Besuch im Büro gingen wir mit ihm in ein Kinderheim. Denen überbrachte er gleich persönlich die Kündigung, sie sollten bis Weihnachten alle das Haus verlassen haben, es gehörte ihm. Süffisant erklärte er noch, dass er diese Bruchbude abreißen lassen wolle, um ein neues, wunderschönes Hochhaus errichten zu können. Einen gläsernen Wolkenkratzer, wie er betonte. Nur um es noch mal zu betonen – bis Weihnachten waren es nicht einmal mehr acht Wochen. Wie sollte die Heimleitung innerhalb solch kurzer Zeit eine neue Unterkunft für die Kinder finden? Langsam verstanden Paul und ich, warum Mark uns als Leibwächter engagiert hatte.

Neben dem Waisenhaus hatte eine junge Frau ihren kleinen Gemüsegarten, den sie liebevoll pflegte und der nun wegen des Wolkenkratzers ebenso wegmusste. Auf Marks Ankündigung hin, antwortete die junge Frau: „Gott wird Sie eines Tages für Ihr Tun strafen!“

Wir gingen mit diesem fiesen Geschäftsmann zurück zu seinem Auto und der Chauffeur fuhr eine ganze Weile durch die Stadt, bis wir in einer dunklen Gasse landeten. Dort stieg ein Abgeordneter zu uns in den Wagen ein. Und den kannten Paul und ich nur zu gut, denn sein schmieriges Antlitz lachte uns schon seit unserer Ankunft in der kleinen Stadt von jedem Wahlplakat entgegen. Nun also saß dieser Politiker neben uns im Auto und nahm aus Marks Händen einen großen Briefumschlag entgegen. Jeder kann sich vorstellen, was sich darin befand, oder? Geld. Jede Menge Scheine.

Paul passte das überhaupt nicht, er sagte: „Wissen Sie eigentlich, was sie heute alles gemacht haben?“

Die Antwort kam prompt: „Reden Sie nicht so viel. Wir haben noch andere Sachen zu tun.“

Es war schon sehr spät, als wir endlich nach Hause kamen. Mark trank noch einen Whiskey und bot uns auch einen an, aber wir verzichteten gerne – im Dienst tranken wir nie. Stattdessen bezogen wir Position vor Marks Schlafzimmer, in das er sich inzwischen verkrümelt hatte. Alles war ruhig. Zunächst.

Nach gut zwei Stunden jedoch hörten wir einen Schuss. Paul und ich rannten, so schnell wir konnten, ins Zimmer von Mark. Es schien so, als ob er tot sei. Eine Bibel lag auf dem Nachttisch, was uns bei solch einem Mann doch sehr komisch vorkam. Wenn er nur einmal im Buch der Bücher gelesen hätte, würde er die Menschen um sich herum sicherlich nicht so gering schätzen, wie er es tat.

Plötzlich klopfte mir jemand auf die Schulter und fragte: „Wer ist der Tote in meinem Bett? Und wer seid ihr überhaupt?"

Ich drehte mich um und antwortete: „Ich bin Zaubermaus und das ist mein Partner Paul. Wir sind Engel!"

Mein Gegenüber fing an zu lachen: „Klar und ich bin tot. So ein Blödsinn!" Dann ging das Wesen Richtung Bett – und sah sich selbst tot im Bett liegen. Das hatte ich hier auf Erden auch noch nicht gesehen. Ein Geistwesen. Ein echtes, leibhaftiges Geistwesen – kein Mensch mehr und noch lange kein Engel, einfach nur ein Geist.

Der sagte nun: „Das ist doch ein Trick von euch Betrügern. Von wegen Leibwächter. Betrüger seid ihr."

Ich schüttelte den Kopf und sagte: „Nein, es ist wahr!"

Nun endlich begriff Mark – beziehungsweise sein Geist –, dass er wirklich tot war. Erschossen im Schlaf. Er flehte uns an, das wieder rückgängig zu machen, und schwor sogar, dass er sich bessern würde. Ich konnte ihm jedoch nur antworten, dass wir, Paul und ich, auf solche Dinge auch Engel des Katzenreiches im Himmel keinen Einfluss hätten und er seinen Tod wohl hinnehmen müsse.

„Oh nein! Bitte, bitte nicht. Herr, gib mir die Zeit, dass ich alles wiedergutmachen kann", betet er nun tatsächlich und nahm die Bibel von seinem Nachttisch zur Hand. Dann flehte Marks Geist: „Herr, bitte lasst mich nicht so abtreten!"

Plötzlich geschah etwas Seltsames.

Ich weiß zwar nicht, wie das möglich war, aber Paul und ich standen auf einmal wieder vor der Tür und klingelten. Der Butler öffnete uns die Tür! Er sagte erneut: „Er wartet schon auf Sie!" Ein echtes Déjà-vu.

Dann stand auch Mark wieder vor uns, dieses Mal mit einem breiten Grinsen im Gesicht. „He, ihr zwei, ich weiß zwar nicht, wie ihr das gemacht habt, aber ich danke euch von ganzem Herzen."

Ich antwortete ihm immer noch ein wenig erstaunt darüber, was da gerade passiert war: „Das waren wir nicht. Nicht Paul und ich. Aber unser Katzengott dort oben hat sicherlich solche Fähigkeiten." Ich zeigte auf die Bibel, die der lebendige Mark noch immer in Händen hielt. „Wer weiß, vielleicht hat unser Katzengott mit eurem Menschengott irgendeinen Pakt geschlossen und dadurch das hier ermöglicht. Wenn ich mich aber recht erinnere, dann sich solche Rückführungen nur für einen Tag möglich. Was danach passiert, weiß ich jedoch tatsächlich nicht."

Mark wurde kreidebleich. „Nur einen Tag?"

„Soweit ich das weiß, leider ja", antwortete ich.

„Okay, dann lasst uns gleich anfangen, mein Leben neu zu gestalten."

Wir fuhren also ins Büro und Mark begrüßte ganz freundlich seine Mitarbeiter, die vollkommen perplex waren. So kannten sie ihren Chef überhaupt nicht. Anschließend ordnete er an, die Baumaßnahmen für den Wolkenkratzer noch einmal zu überprüfen. Seine Mitarbeiter waren nun noch verdutzter und konnten es gar nicht glauben. War das wirklich ihr Chef, der da vor ihnen stand?

Doch damit nicht genug. Mark fuhr mit uns, denn sein Chauffeur sollte mal ein paar Tage Urlaub machen, zu einem Spielzeugladen, um gemeinsam Spielsachen für die Kinder des Waisenhauses zu kaufen.

Paul schaute mich an und flüsterte mir zu: „Du, Zaubermaus, was macht er da?" Er war mindestens so erstaunt wie ich über den neuen Mark.

Anschließend fuhren wir zum Kinderheim. Die Erzieherinnen waren sehr überrascht über seinen Besuch, denn wenn Mark diesen einen Tag auch noch ein zweites Mal durchleben durfte, so war für alle anderen die Zeit natürlich nicht stehen geblieben. Natürlich wusste jeder im Waisenhaus, was dieser fiese Vermieter ihnen angetan hatte.

Umso erstaunter war nun die Erzieherin, die uns die Tür öffnete. „Was wollen Sie denn schon wieder hier bei uns? Sie haben uns genug Unheil verkündet!"

Mark antwortete jedoch sehr freundlich: „Das alles tut mir sehr leid. Ich möchte mich für mein Verhalten gestern gerne bei Ihnen entschuldigen und Ihnen zugleich mitteilen, dass Sie mit den Kindern natürlich bleiben können. Und: Meine Mitarbeiter werden das Haus hier umfangreich renovieren. Das verspreche ich Ihnen." Er lächelte. „Ich hab den Kindern auch noch etwas mitgebracht."

„Wie? Sie ziehen die Kündigung zurück?", antwortete die Erzieherin erstaunt.

„Ja, genau das tu ich, es tut mir sehr leid, dass ich so unhöflich war und nur auf meinen Profit geschaut habe."

„Das ist ein Scherz, oder?" Sie konnte es nicht glauben.

„Nein, es ist kein Scherz!"

Die dann folgende Reaktion war herzzerreißend. Alle Kinder und ebenso die Erzieherinnen umarmte Mark und sagten mit Tränen in den Augen: „Sie haben doch ein gutes Herz! Vielen Dank!" Natürlich freuen sich die Kinder auch über das neue Spielzeug, das Mark ihnen mit gebracht hatte – vor allen Dingen aber darüber, das Zuhause nicht zu verlieren.

Jetzt stand nur noch eine große Aufgabe auf unserem Programm – der Abgeordnete, der natürlich schon auf Mark wartete. Er stieg zu uns in den Wagen und gab das Schmiergeld zurück. Mark musste ihn nicht einmal dazu auffordern.

„Ich kann das nicht tun", sagte der Politiker stattdessen. „Schon alleine meiner Familie zuliebe. Ich will das Geld nicht. Und ich möchte Ihnen auch bei Ihren Sauereien nicht helfen. Suchen Sie sich einen anderen, den Sie schmieren können." Er gab den Umschlag zurück und verschwand auch gleich wieder. Mark wollte ihm noch etwas hinterherrufen, doch dafür war es zu spät.

Zuletzt fuhr Mark zu der jungen Frau, die den Garten besaß. Auch sie war wenig davon begeistert, Mark wiederzusehen, und so begrüßte sie ihn gleich mit den Worten: „Na, Sie Halsabschneider, haben Sie nicht schon genug Unheil über uns alle gebracht? Lassen Sie mich in Ruhe! Meinen Garten bewirtschafte ich bis zum letzten Tag meines Pachtvertrags mit Ihnen. Verschwinden Sie!"

Mark antwortete nur: „Sie dürfen bleiben. Ihr Garten ist so hübsch, ich möchte ihn gar nicht mehr."

Auch die junge Frau schaute Mark wie das siebte Weltwunder an. Als er ihr dann noch Geld gab, damit sie ihn noch schöner gestalten und sich ein kleines Gartenhaus bauen konnte, da war es um ihre Fassung geschehen. „Vielen lieben Dank. Kommen Sie doch bald wieder vorbei und schauen Sie sich den Garten an. Vielleicht können wir dann einen Kaffee zusammen trinken", sagte die Frau voller Freude. Sie konnte ihr Glück gar nicht fassen.

Mark antwortete: „Oh ja, das wäre schön."

„Mark, es wird Zeit", unterbrach ich ihn.

Mark schaute Paul und mich an. Wir fuhren nach Hause und Mark ging nach einem Glas Milch schlafen. Wir wussten alle, was im Laufe der Nacht passieren würde.

Und so kam es auch. Plötzlich hörten wir wieder einen Schuss und Paul und ich rannten in Marks Schlafzimmer. Doch – Mark lebte! Er hatte wohl dieses Mal wirklich in der Bibel gelesen und war dabei eingeschlafen, sodass die Kugel, die ihn treffen sollte, einfach in der Bibel stecken blieb!

Mark schaute mich an: „Bin ich tot?"

„Nein, Sie leben! Ihr Glück war, dass Sie die Bibel in der Hand hielten", antwortete ich überglücklich, denn tief im Inneren wusste ich, dass Mark eigentlich ein gutes Herz hatte, dieses aber lange nicht hatte zeigen können.

„Oh Gott, ich danke euch beiden!“ Er war außer sich vor Freude. Mark bekam seine zweite Chance. Aber das Schönste war, dass er und die junge Gärtnerin später ein Paar wurden. Sie hatten sich öfter einmal zum Kaffee in dem kleinen Garten getroffen und sich verliebt.

16

Doch die Kleinstadt, in der Mark lebte, sollte uns noch etwas länger eine Herberge bieten. Denn kaum hatten wir Marks Haus verlassen, hörten wir hinter uns ein lautes Hupen. Ein riesengroßer Lkw hielt direkt vor unsere Nase. Die Tür ging auf und ein alter Mann schrie: „Seid ihr die komischen Wissenschaftler, die unseren Vulkan untersuchen sollen? Ihr seht ja sehr komisch aus!"

Paul schubste mich an und sagte nur: „Gerade noch Leibwächter, jetzt Wissenschaftler. Da sag noch mal einer, wir würden kein interessantes Leben führen."

Ich blickte ins Fenster des Lkw und sah, dass Paul und ich tatsächlich komisch aussahen, denn wir trugen jetzt weiße Anzüge und Masken. Außerdem hatten wir diverse Geräte dabei, die für die Untersuchung des Vulkanumfelds bestimmt waren.

Der Lkw-Fahrer bat uns, in den Lkw zu steigen. Er wusste schon, wohin er uns bringen sollte. Da wusste er immerhin schon mehr als Paul und ich.

Wir ließen uns nicht zweimal bitten und stiegen in den Wagen ein. Dann erzählte der Mann uns, dass es in der Gegend seit einiger Zeit leichte Erdbeben gäbe, aber der Bürgermeister immer nur sagen würde, dass das ganz normal sei und sich niemand Sorgen machen müsse. „Wir sind da ganz anderer Meinung", führte der Mann weiter aus. „Und so hat unsere heimische Wissenschaftlerin Frau Dr. Mai euern Chef um Hilfe gebeten", erklärte er weiter.

Endlich kamen wir im Wissenschaftlichen Zentrum an, wo uns Frau Dr. Mai schon erwartete. Oh mein Gott, war das eine wunderschöne Frau! Sie war schlank und hatte tolle lange Beine. Sie begrüßte uns und war erfreut darüber, uns zu sehen. Sie sagte nur: „Nun sind die Experten für Vulkane da."

Plötzlich spürten wir, dass unter uns die Erde ein wenig anfing zu beben. Scheiben gingen zu Bruch und von Weitem sah ich, wie aus dem Vulkan leichte Rauchwolken kamen. „Das geht hier schon seit Wochen so", erklärte uns Frau Dr. Mai und zeigte uns sogleich die seismologischen Aufzeichnungen. Sie sagte immer wieder: „Wir müssen die Stadt unbedingt alle verlassen."

Ich antwortete daraufhin nur: „Dann tun wir das doch am besten direkt."

Sie schaute mich an und meinte: „Das geht nicht, nur der Bürgermeister kann die Evakuierung bestimmen, er hat aber nur eine Ausgangssperre verhängt. Keiner darf die Stadt ohne seine Erlaubnis verlassen."

„Aber es ist doch eindeutig und ganz, dass der Vulkan aktiv ist. Und laut Ihrer Aufzeichnung kann es nicht mehr lange dauern, bis er Lava spukt. Wir werden mit dem Bürgermeister reden. So lange haben wir ja hoffentlich noch Zeit vor einem Ausbruch. Wir sind müde von unserer letzten Tätigkeit, die uns doch sehr gefordert hat, und würden gern ein wenig schlafen, wenn das möglich ist", sagte ich.

Wir bekamen ein Zimmer direkt im Zentrum der Kleinstadt zugewiesen. Leider musste ich mir wieder einmal ein Zimmer mit Paul teilen.

Am nächsten Morgen machten wir uns gleich auf den Weg zum Bürgermeister und wollten unbedingt mit ihm reden. Es war aber gar nicht so einfach, den Bürgermeister zu treffen und dann auch noch vernünftig mit ihm zu reden. Im Gegenteil: Er war vollkommen davon überzeugt, dass das alles nur übertrieben und Panikmache von Dr. Mai sei. Der Vulkan wäre schon seit Jahrhunderten nicht mehr ausgebrochen, warum sollte er es gerade jetzt tun.

„Und wir brauchen das Geld, das uns die Touristen bringen, die in unsere Stadt kommen. Wenn ich jetzt alles hier evakuieren lasse, dann gehen uns jede Menge Einnahmen verloren", sagte er. „Ich lasse mir das durch einen kleinen Vulkan nicht kaputtmachen. Und nun verschwindet endlich aus meinen Augen!"

Langsam, aber sicher wurde die Kleinstadt voller und voller. Immer mehr Touristen kamen, um sich den kleinen Vulkan anzusehen und das Geburtshaus des großen Dichters, den alle Welt kannte. Viele Menschen gaben hier wirklich viel Geld aus. Das bemerkten Paul und ich schon sehr bald. Der Bürgermeister war zufrieden, dass er nichts anderes verordnet hatte. Und für einen kleinen Moment vergaßen alle die Gefahr, die von dem Vulkan ausging, denn die Erde hatte nun schon eine ganze Weile nicht mehr gebebt. Paul und ich fragte uns bereits, ob der liebe Katzengott hier nicht etwas falsch verstanden hatte.

Eines Morgens aber sagte Paul zu mir: „Du, Zaubermaus, spürst du auch, was ich spüre?"

Im selben Moment kam Frau Dr. Mai angerast. Sie schrie im Vorbeilaufen: „Wir müssen die Stadt sofort verlassen! Es geht los!" Dann war sie auch schon wieder verschwunden.

Wenn ich gekonnt hätte, hätte ich in diesem Moment den Bürgermeister erwürgt. „Wenn Menschen umkommen, ist das allein seine Schuld!", schrie ich aufgeregt. Wir mussten handeln, bevor es zu spät war.

Dann wurde es still. Sehr still. Die Vögel verstummten, es war nichts mehr zu hören. Bewohner und Touristen verließen panikartig die Stadt: zu Fuß, mit dem Fahrrad, Auto, Lkw oder Bus. Und obwohl klar war, welches Szenario sich hier in Kürze abspielen würde, – der Bürgermeister versuchte immer noch, alles kleinzureden, und versicherte allen, die es hören wollten, dass alles okay sei.

Als jedoch die Erde anfing, leicht zu beben, war mit der Gelassenheit urplötzlich Schluss. Selbst beim Bürgermeister. „Was habe ich nur getan? Was habe ich nur getan?", rief er immer wieder, als der Vulkan plötzlich die ersten Rauchwolken spie und das ganze Dorf in einen unheimlichen Nebel einhüllte. Nun hatte auch er begriffen, dass das Ganze hier kein Spaß mehr war. Er versuchte, sich schnell davonzumachen, was ihm aber nicht gelang, denn Paul und ich hielten ihn auf. Wenn er schon vorbeugend nicht die richtigen Maßnahmen ergriffen hatte, so musste er nun zumindest helfen, alle Menschen, die noch in der Stadt waren – und das waren nicht wenige – zu evakuieren. Wir mussten die Menschen an einen Ort bringen, wo sie geschützt sind.

Da meldete sich Frau Dr. Mai zu Wort: „Nicht weit von hier gibt es einen Fluss, dort liegt ein alter Ausflugsdampfer. Der gehört einem Mark Sowieso. Dort wären wir alle erst einmal in Sicherheit."

Mark Sowieso, das konnte doch eigentlich nur unser Mark sein, dem wir zu einem neuen Leben verholfen hatten. Paul lief sofort los, um ihn zu kontaktieren. Und er hatte Glück – Mark war noch nicht geflohen, denn er wohnte ein wenig außerhalb der Stadt und hatte bislang nichts von der allgemeinen Panik mitbekommen. Zunächst freute er sich, Paul so schnell wiederzusehen, doch als der ihm geschildert hatte, worum es ging, überlegte er nur einen Moment und sagte dann: „Meine Lkw-Flotte steht nicht weit von hier. Wenn Auflieger leer sind, und davon gehe ich aus, dann können wir ganz viele Menschen auf einmal in Sicherheit bringen."

Ich konnte es kaum nicht glauben, als ich wenige Minuten später 20 große Lkw auf uns zukommen sah. Im ersten Truck saß Mark. Der Mark, der noch vor wenigen Wochen alle Menschen gehasst hatte, wurde hier zum Retter.

Und dann sah ich auch den Bürgermeister, der über seinen eigenen Schatten gesprungen war und allen Bürgern und Touristen, aber auch Hunden, Katzen und anderen Tieren auf den Lkw half. In Windeseile konnten alle aus der Gefahrenzone gebracht werden und fanden auf dem großen Dampfer Unterschlupf und Rettung.

Aber am glücklichsten war Frau Dr. Mai. Nicht darüber, dass sie am Ende Recht behalten hatten, sondern darüber, dass wirklich niemand zu Schaden gekommen war. Und auch, wenn der Vulkan wie wild drei Tage lag Rauch spuckte, zu einem richtigen Ausbruch mit Lava kam es nicht. Das war ein großes Glück für die kleine Stadt, denn die Lava hätte sicherlich alles zerstört. So blieb den Bewohnern nach ihrer Rückkehr nur das Saubermachen. Aber das war nichts so schlimm. Und auch die Touristen kamen bald wieder, um den nun wieder stillen Vulkan und das Geburtshaus des großen Dichters zu besuchen.

Frau Dr. Mai aber richtete mit Geldern, die der Bürgermeister bereitwillig zur Verfügung stellte, eine funktionierendes Frühwarnsystem ein.

17

Wir hatten ein paar ruhige Tage hinter uns, als Paul und ich uns eines Morgens in einem Büro wiederfanden. Nichts deutete auf unsere neue Aufgabe hin – bis Paul die Tür öffnete und am Eingang ein Schild mit der Aufschrift *Privatdetektive* fand. Paul freute sich tierisch, mal wie Thomas Magnum, Jim Rockford oder Josef Matula arbeiten zu können. Ich zuckte allerdings nur mit den Schultern. Das war auch nicht aufregender als jeder andere Job, den wir schon erledigt hatten.

Und tatsächlich ging es sehr beschaulich zu. Ab und zu bekamen wir einen Auftrag, um Hunde oder entlaufene Katzen zu finden. Das Aufregendste war, untreue Ehemänner zu beschatten, aber davon hatten wir auch nur zwei klitzekleine Fälle. Von Tag zu Tag fragen wir uns, was wir hier in diesem Büro wohl sollten, als eines Morgens die Tür aufging und eine etwas ältere Dame zu uns kam.

Mit vollkommen verweinten Augen sagte sie: „Bitte helfen Sie mir, mein Kind zu finden. Mein Sohn Ronny ist seit Wochen verschwunden, er nahm früher Drogen und war des Öfteren im Entzug deswegen. Er drohte immer wieder, sich umzubringen. Dann kam er in eine geschlossene Anstalt." Die arme Frau weinte immer heftiger.

„Und von dort ist er geflohen, richtig?", fragte ich sie.

„Ja, das ist richtig, aber nicht alleine. Da ist einer, der ihn mit allen Mitteln beeinflusst. Für ihn hätte Ronny alles gemacht. Bitte helfen Sie mir und bringen Sie meinen Ronny wieder nach Hause, bevor er sich das Leben nimmt oder etwas Schlimmes anstellt. Er ist ein guter Junge, auch wenn sich das jetzt alles anders angehört haben mag."

Ich schaute zu Paul rüber und dieser nickte. Wir wussten sofort, dass dies kein leichter Auftrag sein würde, aber wir zwei würden unser Bestes geben, um den jungen Mann zu finden und ihn wieder zurückzubringen.

Seine Mutter schaute uns ein wenig verschämt an. „Da wäre noch etwas“, sagte sie, „ich kann Ihnen das alles aber nur in Raten zahlen, ich hoffe, das ist okay.“

Ich nahm sie in den Arm und sagte ihr, dass sie nichts zahlen müsse, wir den Auftrag aber trotzdem sehr gerne annehmen würden. Natürlich sagte ich ihr nicht, dass wir immer umsonst arbeiteten, denn unser Lohn war mit Geld nicht zu bezahlen ...

Die Frau war erleichtert und gab uns schließlich noch ein Foto ihres Sohnes, damit wir wussten, wie er aussah. Als ich die besorgte Mutter so in meinen Armen hielt, spürte ich allerdings ziemlich negative Schwingungen, die von ihr ausgingen. Da war nicht die Liebe einer fürsorglichen Mutter, die zu mir durchdrang, sondern blanker Hass, der sich hinter einer freundlichen Maske versteckte. Ich war also gewarnt, ließ mir jedoch nichts anmerken, denn nun war ich noch neugieriger auf den Fall als vorher.

Paul und ich machten uns dann auch sogleich auf die Suche nach Ronny. Dabei stießen wir immer wieder auf Drogenabhängige, denn nur dort, so dachten wir, könnten wir Ronny finden. Immer wieder zeigten wir das Foto rum, das wir von ihm hatten. Tagelang schlichen wir durch die Gegend und hielten uns in den dunkelsten Stadtteilen auf. Bis wir eines Abends an einer Kneipe vorbeikamen, die uns magisch anzog. Paul und ich beschlossen, hineinzugehen, um etwas zu trinken. Wir bestellten uns zwei kleine Bier und tranken sie mit Genuss aus. Dann zeigten wir dem Wirt das Foto von Ronny. Er schaute sich das Foto ganz genau an und sagte: „Den Typen hab ich vor Kurzem davon abgehalten, sich von der Brücke zu stürzen.“

Ich fragte ihn, ob er uns vielleicht sagen könnte, wo wir ihn jetzt finden können.

„Wer will das wissen?“, antwortete er mit einer Gegenfrage.

„Wir zwei sind Privatdetektive. Seine Mutter hat uns beauftragt, ihn zu finden“, erklärte Paul.

„So, hat sie das? Komisch, er hat mir ganz andere Dinge von seiner Mutter erzählt. Außerdem ist nicht alleine, er hat einen Freund dabei, der auf ihn aufpasst. Eigentlich. Als er jedoch auf der Brücke stand, war sein Freund gerade pissen ... Entschuldigung, die Herren. Ich meinte natürlich ... austreten."

„Das ist ja alles schön und gut, aber wo ist Ronny jetzt?"

„Er ist in der Küche und hilft mir beim Abwasch, dafür bekommt er eine warme Mahlzeit und ein Dach über dem Kopf."

„Wir würden gern einmal mit ihm sprechen", bat ich den Wirt daraufhin.

Doch dieser lachte nur: „Ich glaub nicht, dass er zu seiner Mutter zurück möchte. Nach alledem, was er so durchgemacht hat."

Dann hatte sich mein Gefühl also doch nicht getäuscht. Hatte uns die Frau in unserem Büro wirklich belogen? Wir baten den Wirt, uns den Weg zur Küche zu zeigen.

Er warnte uns aber noch vor: „Das, was ihr sehen werdet, könnte euch sehr erschrecken."

Als wir die Küche betreten wollten, stellte sich uns ein wahrer Hüne in den Weg, der sicherlich locker 2,20 Meter groß war. Er schaute auf Paul und mich herab und fragte, was wir wollten.

Mit freundlicher Stimme sagte ich: „Wir würden gerne Ronny sprechen, seine Mutter möchte, dass er nach Hause kommt."

Der Riese schaute uns lange schweigend an, dann sagte er: „Ronny hat keine Mutter mehr. Ich habe sie erwürgt. Also, was wollt ihr nun wirklich von Ronny?"

Ich zeigte ihm ein Foto, welches ich heimlich vor dem Abschied von unserer Auftraggeberin mit dem Handy gemacht hatte. Das war zwar eine dumme Angewohnheit von mir, aber in diesem Fall vielleicht recht nützlich.

Mein Gegenüber schaute sich das Foto an. „Das ist nicht seine Mutter."

Ich ließ mir nichts anmerken und fragte gleich noch einmal: „Dürfen wir trotzdem zu Ronny rein, wir tun ihm nichts, versprochen! Wir würden ihm gern helfen."

Der Riese schaute traurig. „Da kann keiner mehr helfen." Er

öffnete uns dann dennoch dien Tür zur Küche. Paul rief kurz: „Ronny?“, und ein junger Mann, der am Spülbecken in der Ecke stand, drehte sich zu uns um ...

Oh mein Gott, noch nie in meinem Leben hatte ich mich so über den Anblick eines Menschen erschrocken. Paul ging es nicht anders.

Ronny jedoch ließ sich nichts anmerken und sprach kurz, aber freundlich zu uns. „Was wollt ihr von mir?“

Paul und ich sahen einen Menschen, der vollkommen entstellt war im Gesicht. Narben über Narben, aus denen uns zwei Augen anschauten, die das pure Leid ausdrückten, Nase und Mund konnte man nur noch erahnen. Offensichtlich war Ronny klar, was wir von ihm wollten, denn er sagte, ohne dass wir auch nur einen Ton von uns gegeben hatten: „Lasst mich endlich in Ruhe! Bitte, ich hab genug durchgemacht! Könnt ihr die Vergangenheit nicht ruhen lassen?“

Nachdem Paul und ich uns etwas von diesem Schock erholt hatten, stellten wir uns die Frage, wer einem Menschen nur so etwas nur antun konnte. Wir erzählten ihm, was uns zu ihm geführt hatte und er hörte uns aufmerksam zu. Nachdem wir ihm gut zugeredet hatten und ihm versichern konnten, dass von uns keine Gefahr ausging, erzählte er uns, was passiert war. Bei einem Einbruch in ein Forschungslabor war etwas schief gelaufen und seine Kumpels hatten ihn in Stich gelassen. Nur durch Zufall hatte ihn der Riese, der nun nicht mehr von seiner Seite wich, gefunden und ihn langsam wieder aufgepäppelt. Mehr wollten wir auch gar nicht darüber wissen, denn uns war klar, dass Ärzte hier unter der Hand geholfen haben mussten. Von alleine wären die Wunden im Gesicht des jungen Mannes nämlich nicht verheilt. Das war Paul und mir sofort klar.

Ronny schaute uns eine Weile an, dann sagte er: „Nur die Auftraggeberin, die Frau, die den Einbruch in das Forschungslabor bei mir und meinen Jungs in Auftrag gegeben hatte, ist noch immer hinter mir her. Sie glaubt, dass ich an allem schuld bin, und jagt mich seit diesem Tag. Aber ich bin es nicht, ich bin nicht schuld an dem, was passiert ist. Es war ein Unfall!" Plötzlich hörten wir ein Klicken. Wir drehten uns um und sahen eine Schrotflinte auf uns gerichtet. Und die hielt niemand anders in der Hand als ... unsere Auftraggeberin. Sie musste uns die ganze Zeit über auf Schritt und Tritt gefolgt sein. Nun schrie sie: „Geht aus dem Weg! Ich werde diese Missgeburt ein für alle Mal ausknipsen!"

„Das werden Sie nicht tun! Nur über meine Leiche!", rief ich. „Ich werde nicht zulassen, dass Sie den Jungen erschießen!"

Dann rief Ronny: „Ist schon okay, ein Leben mit so einem Gesicht ist eh nicht schön, dann lieber sterben!"

„Oh nein, hier wird keiner sterbe, nicht heute", sagte ich sehr betont. Ich hatte den Riesen hinter der alten Frau stehen sehen, der sie genau in diesem Augenblick packte. Es machte nur kurz *Knack*, sie fiel zu Boden und rührte sich nicht mehr. Wir schauten uns an. Irgendwie tat Ronny mir schon sehr leid. Doch das war nun nicht mehr zu ändern. Ich bat Paul und Ronnys Freund, die Küche zu verlassen, ich wollte mit Ronny alleine sein.

Es dauerte Stunden, bis ich mit Ronny fertig war, aber es hatte sich gelohnt. Als Ronny in den Spiegel schaute, weinte er vor Glück und sagte: „Wer bist du und wie in Gottes Namen konntest du das machen?"

Ich sagte nur: „Alles ist gut, du kannst endlich ein neues Leben anfangen."

Ronny war überglücklich und versprach mir, jederzeit für mich da zu sein, wenn ich ihn bräuchte. Als sein Freund und Paul wieder in die Küche kamen, konnten sie ihren Augen kaum trauen. So etwas hatte selbst Paul noch nicht gesehen. Und auch Ronnys Freund bekam sich kaum mehr ein. Immer wieder zog er mich mit seinen großen Pranken in die Arme und bedankte sich überschwänglich. Als wir uns verabschiedeten, sagte er noch zu mir: „Ronnys Mutter geht es übrigens sehr gut. Sie lebt in Bristol und weiß gar nicht, was mit ihrem Sohn passiert ist. Ronny hat ihr nichts erzählt."

Paul und ich ließen den Leichnam unserer Auftraggeberin verschwinden, ohne dass dies von jemandem bemerkt wurde. Wir hatten ja schließlich nicht umsonst Verbindungen nach ganz oben. Allerdings erfuhren wir nie, warum sie so einen Hass auf Ronny hatte wegen des missglückten Überfalls, denn außer Ronny selbst war dabei niemand zu Schaden gekommen.

18

Inzwischen war die Adventszeit gekommen und Paul und ich genossen es, durch die festlich geschmückten Straßen zu laufen. Meist machten wir das in unserer normalen Gestalt, also als Katze und Maus, doch an diesem Abend hatten wir beschlossen, als zwei Freunde auf dem Weihnachtsmarkt einen leckeren Glühwein zu trinken – und das ging in tierischer Gestalt eher schlecht. Außerdem hatten wir Angst, von den vielen Füßen zerquetscht zu werden, die sich an einem Glühweinstand gemeinhin tummelten.

Wir hatten an diesem Abend gerade den ersten Schluck getrunken, als wir einen alten, ja wirklich ... einen sehr, sehr alten Mann mit rotem Kostüm am Straßenrand sahen, der leise vor sich hin weinte. Ich ging zu ihm und tippte ihm vorsichtig auf die Schulter, um zu fragen, was denn mit ihm los sei.

Er schaute zu mir hoch und rief voller Freude: „Halleluja, nun bin ich im Himmel!"

„Nein, lieber Weihnachtsmann, das bist du nicht, keine Sorge."

„Aber Fasching ist doch schon lange vorbei?"

Ich schaute Paul an, der zu uns gekommen war. „Kannst du uns so sehen, wie wir wirklich aussehen?", wollte ich von dem alten Mann wissen.

„Ja, ich bin der Weihnachtsmann, ich kann alles sehen!", entgegnete er darauf.

Und dann fiel mir auch wieder ein, dass Kinder und alte Leute uns immer erkennen konnten, egal wie gut wir uns tarnten. Ich fragte: „Wie, du bist der echte Weihnachtsmann? Wir dachten, du trägst nur ein Kostüm."

Er lachte. „Nein, ich bin echt. Zieh mal an meinem Bart. Und wer seid ihr?"

Bevor ich antwortete, zog ich tatsächlich an seinem weißen

Bart – der war echt. „Ich bin Zaubermaus und das hier ist mein Freund Paul. Wir sind Engel“, beantwortete ich seine Frage.

Der Alte zwinkerte mir zu. „Und ich bin der Osterhase.“

Diesen Wunsch konnte ich ihm sofort erfüllen. *Zack* wurde aus dem Weihnachtsmann ein flauschiger Osterhase.

Er schaute uns ganz verdutzt an und sagte: „Ihr seid wirklich Engel.“

„Natürlich, das sagte ich ja. Du bist ja auch der Weihnachtsmann. Eigentlich hättest du uns glauben sollen.“ Anschließend verwandelte ich ihn zurück. Gott sei Dank waren um uns herum alle so sehr mit sich selbst beschäftigt, dass niemand auf uns geachtet hatte. Dann wollte ich wissen, warum er vorhin zu traurig gewesen sein.

Der alte Mann überlegte lange, bevor er antwortete. „Die Kinder glauben nicht mehr an mich, sie denken alle, ich wäre nur verkleidet. Hier auf der Erde laufen zu viele falsche Nikoläuse und Weihnachtsmänner herum. Sie sitzen in Kaufhäusern, lassen sich am Bart ziehen, die Kinder hüpfen auf deren Schoß herum, heulen sich aus und wollen nur das teuerste Geschenk haben. Sie geben sich nicht mehr mit kleinen Geschenken zufrieden.“

Ich schaute Paul an und flüsterte: „Da muss man doch was machen können, oder Paul?“

Er nickte. Wir beschlossen, dem Weihnachtsmann zu helfen, und ich schickte eine kleine Gedankenbotschaft an unseren Katzengott. Es war das erste Mal, dass ich ihn von mir aus bat, uns für einen Auftrag vorzubereiten. Einen Moment später war Paul ein echter Engel und ich der Knecht des Weihnachtsmannes. Zu dritt zogen wir los, klopften an fast jeder Tür. Bald schon verstand ich den Weihnachtsmann und seine Sorgen, denn immer wieder wurde uns die Tür vor der Nase zugeschlagen oder wir wurden beschimpft. Viele hielten uns sogar für Bettler oder Hausierer.

„Unsere Kinder wollen den echten Weihnachtsmann haben und keinen nachgemachten“, sagte uns eine Frau direkt ins Gesicht. Dann schlug auch sie uns die Tür vor der Nase zu. Was war nur aus der Menschheit geworden? Konnte denn keiner mehr sehen, was wirklich wahr war? Die tiefe Traurigkeit des Weihnachtsmannes konnte ich nur zu gut verstehen. Und dennoch gab ich die Hoffnung nicht aus. Es muss doch wenigstens noch einen Menschen geben, der noch an den Weihnachtsmann glaubte.

Wir liefen die den ganzen Abend durch die dunklen Straßen, langsam wurden wir müde. Auch unser Weihnachtsmann war erschöpft. Dann kamen wir zu einem alten Haus, ganz abseits gelegen in einem nicht so schönen Viertel der Stadt und sahen noch Licht brennen. Wir klopften an die Tür und eine junge Frau öffnete uns die Tür. Sie sagte: „Oh mein Gott, der Weihnachtsmann!", und bat uns sofort herein.

Wir traten in ihr Haus ein und sahen sogleich in vier traurig Kindergesichter. Ihre Mutter sah auch nicht gerade sehr glücklich aus. Als uns die Kinder erblickten, waren sie vollkommen aufgeregt und riefen: „Mama, sind die wirklich echt? Der Weihnachtsmann und seine Engel?"

Die Mutter wandte sich uns zu und flüsterte leise: „Bitte sagen Sie jetzt nicht, Sie sind nicht echt! Meine Kinder glauben noch an den Weihnachtsmann, es würde ihnen das Herz brechen, wenn Sie sagen würden, Sie seien nicht echt!"

Wir schauten die Kinder an und sagten: „Wir sind echt. Dreht euch mal um."

Sie drehte sich um und konnte es nicht fassen – der ganze Tisch, der in der Stube stand, war auf einmal mit wundervollen Sachen gedeckt. Die zwei Mädchen und zwei Jungen konnten es nicht fassen, so viel zu essen hatten sie schon lange nicht mehr auf dem Tisch gehabt. Vor einem Jahr, kurz vor Weihnachten, war ihr Vater ganz plötzlich an Herzversagen verstorben. Er hatte immer fleißig gearbeitet, um seine Familie zu ernähren, aber er hatte auch nie so viel Geld verdient, dass er etwas hätte zurücklegen können. So war die Familie nach seinem Tod mehr und mehr verarmt.

Nun aber strahlten die Kinder vor Glück. Bald saß die ganze

Familie um den Tisch – gemeinsam mit dem Weihnachtsmann, seinem Knecht und einem Engel, denn natürlich hatten sie uns zum Essen eingeladen. Die Mutter weinte vor Glück. „Ich hab meine Kinder schon lange nicht mehr so glücklich gesehen. Vielen Dank!"

Nach dem Essen kamen die Kinder zu uns und drückten uns alle ganz fest. „Danke für das tolle Essen. Danke für die ganzen Geschenke, lieber Weihnachtsmann!"

Sie rührten uns zu Tränen, als sie begannen, Weihnachtslieder zu singen. Davon war eines schöner als das andere. Wir freuten uns so sehr darüber, dass wir sie fragten, ob sie vielleicht noch eine Runde mit dem Weihnachtsmann im Schlitten fliegen wollten. Es wurde ganz still, als der Weihnachtsmann sagte: „Klar, meine Rentiere warten draußen schon auf euch. Kommt mit raus!"

Wir gingen alle zusammen vor das Haus. Und da trauten selbst Paul und ich unseren Augen kaum mehr – und wir hatten schon so manches gesehen, was andere nie zu sehen bekommen würden. Vor uns stand ein großer Schlitten mit neun Rentieren. Der Weihnachtsmann uns jedes Tier vor, sie hießen Dasher, Dancer, Prancer, Vixen, Comet, Cupid, Donner, Blitzen und Rudolph. Dann sagte er: „Kommt, wir machen alle eine Spritztour!" Wir alle stiegen in den Schlitten und nach einem lauten: „Ho, Ho, Ho!", ging es in die Lüfte. Die Kinder schrien nur so vor Glück. Dann zog der Weihnachtsmann noch eine letzte Schleife über der Stadt und wir landeten wieder ganz sanft vor dem kleinen Haus der Familie.

Bald darauf verabschiedeten wir uns von der jungen Frau und ihren Kindern. Wir waren zufrieden, aber auch ein wenig nachdenklich, denn wir mussten sie wieder in die Armut entlassen.

Doch plötzlich schmunzelte der Weihnachtsmann und sagte: „Alles wird gut, versprochen, liebe Zaubermaus. Nun aber müssen wir fort."

Wir flogen nur eine Ehrenrunde über das Haus der Familie. Und als ich nach unten schaute, konnte ich es nicht glauben: Aus dem alten Häuschen war ein schmuckes Haus geworden und im

Garten schmissen vier glückliche Kinder Schneebällen, denn es hatte vor wenigen Minuten angefangen zu schneien.

Bald darauf machte diese Geschichte der kleinen Familie die Runde und nun glaubten auch andere Menschen wieder an den Weihnachtsmann. Man musste eben nur fest an etwas glauben, dann konnten auch die geheimsten Wünsche wahr werden. Was für eine tolle Mission. Solche wünschten Paul und ich uns öfter.

19

Nachdem wir uns vom letzten Auftrag erholt hatten, überlegten Paul und ich, ob wir nicht mal eine Woche Urlaub machen sollten. Ich schaute zu Paul rüber und sagte nur: „Wie siehst du den aus?“ Paul schaute mich an und sagte ebenfalls: „Schau dich mal an!“ Wir hatten beide einen giftgrünen Anzug an, auf dem stand: *Ordnungsamt*. Uns blieb aber auch wirklich nichts erspart.

Einen Augenschlag später steckten wie zwei gleich in unserem nächsten Auftrag. Paul beobachtete gerade, wie ein kleiner Junge immer wieder um eine Traube von Menschen schlich. Als er uns sah, versuchte er, davonzurennen, doch vergebens. Er rannte direkt in unsere Arme hinein. Tja, dumm gelaufen, Junge! Natürlich wehrte er sich mit Tritten, spuckte und zog Paul kräftig an den Haaren. Dass Paul laut schrie, war schon klar. Doch dann riss sich der Kleine los und rief: „Ätsch, ätsch! Mich bekommt ihr nicht so schnell!“ Er lachte dabei laut.

Na toll, zwei Erwachsene ließen sich von so einem kleinen übertölpeln. Auf den Schreck hin wollten wir erst einmal einen Kaffee genießen. „Paul, zahl du mal heute!“, sagte ich zu ihm und trank genüsslich den letzten Schluck aus.

Paul nickte und griff er in seine Tasche, dann sagte erschrocken: „Meine Geldbörse ist weg!“

Typisch Paul! Wenn es ums Bezahlen ging, kniff er immer. Also griff ich in meine Tasche und bemerkte, dass auch meine Geldbörse nicht mehr da war. Der Schock war mir ins Gesicht geschrieben.

Nun grinste Paul und sagte nur: „Da hat uns der Kleine aber ganz schön abgezockt.“

„Das kannst du wohl laut sagen, Paul. Wenn ich den Knaben in die Hände bekomme, dann kann er was erleben!“, antwortete ich aufgebracht.

„Zaubermaus, wir bekommen ihn schon noch!“, versuchte Paul, mich ein wenig auf den Boden zurückzuholen. Wir sagten der Bedienung in dem Café, die uns gut kannte, dass wir später bezahlen würden und, weil uns die Brieftaschen geklaut worden seien, und stürzten uns dann wieder ins Getümmel der Leute auf dem Marktplatz, wo wir den Jungen vermuteten.

Und richtig! Wir entdeckten ihn sofort. Er war gerade wieder dabei, eine Geldbörse zu entwenden. Ich flüsterte Paul zu, dass wir ihn einkreisen sollten, um ihn dann zu schnappen.

Ihr könnt euch sicher vorstellen, dass das nicht gerade einfach war. Der Junge war ziemlich flink. Aber wenn der Kleine dachte, er wäre schlau als wir, dann hat er die Rechnung ohne uns gemacht. Dieses Mal entkam er uns nicht, als wir ihn von hinten überrumpelt hatten. Natürlich wehrte er sich mit allen Mitteln und schimpfte wie ein Rohrspatz.

Ich schrie laut, sodass es alle Umstehenden hören konnten: „Nun reicht es aber, ansonsten lernst du uns mal richtig kennen!“

Der Junge aber grinste nur und sagte: „An eurer Stelle würde ich mich ganz schnell frei lassen, sonst bekommt ihr es mit meiner Familie zu tun.“

Nun drohte uns der kleine Taschendieb auch noch. Unterdessen schauten wir uns die Beute an, die er an nur einem Tag geklaut hatte. Da gab es jede Menge Brieftaschen, aber auch Smartphones und Feuerzeuge.

Paul wirkte bedrückt. „Zaubermaus, ich glaube, wir sollten dem Jungen mal was anderes zeigen. Ihm zeigen, dass man auch anders leben kann.“

„Du meinst, ich soll …“, antwortete ich und sah Paul in die Augen.

„Ja, Zaubermaus, genau das!“

Wir waren uns also einig. Ich ging zu dem Jungen, legte meine Hand auf seinen Kopf, um ihm seine Zukunft zu zeigen. Diese Gabe hatte mir mein Katzengott nämlich gegeben, bevor ich hier auf die Erde gekommen war. Ich sollte sie aber nur einsetzen, wenn es wirklich nötig sei. Jetzt hielt ich es für nötig, denn dieses

Kind hier, das vielleicht acht Jahre alt war, war tatsächlich auf dem falschen Weg. Ich legte also meine Hand auf seinen Kopf und sagte: „Schließ deine Augen."

Er schloss sie, wenn auch widerwillig, aber er tat es immerhin. Nun stand seine Zukunft direkt vor seinen Augen: Er saß in einen kalten Raum auf einen riesigen Stuhl. Dann öffnete sich der Vorhang und alle schauten ihn an und schrien nur: „Stirb, stirb!", und klatschten dabei laut. Dann schaute er, nun ein junger Mann, nach rechts und links. Auch seine Bande war dort. Alle schrien: „Du Niete!"

Dann nahm ich die Hand von seinem Kopf. Irgendwie war er ganz schön weiß im Gesicht geworden. Er sagte nur: „War das eine Todeszelle?"

Wir sagten nichts dazu.

„Soll das heißen, dass wenn ich so weitermache und geschnappt werde, ich dort landen werde?" Er hatte Tränen in den Augen.

Wir nickten.

Dann begehrte er noch einmal auf. „Aber hier bei uns gibt es die Todesstrafe gar nicht."

Wir nickten wieder.

„Aber in Amerika, wohin du eines Tages auswandern wirst", sagte ich. „Wie wär es also, wenn du damit anfängst, all den Menschen, das zurückzugeben, was du ihnen genommen hast?", schlug ich vor.

Anfangs wollte er nicht, doch nach und nach begann er, seine Untaten – so weit ging – wiedergutzumachen. Ab und zu zögerte er zwar, aber die Menschen, denen er Geldbörsen, Handys und Feuerzeuge wiedergab, verziehen ihm sofort. Einige gaben ihm sogar freiwillig ein wenig Geld, weil sie wohl Mitleid mit ihm hatte. Nach einigen Stunden hatten alle ihr Hab und Gut wieder zurück. Sogar Paul und ich, sodass wir den Kaffee vom Morgen nun endlich bezahlen konnten.

Nachdem der Junge alle gestohlenen Sachen zurückgegeben hatte, wurde er traurig. Paul und ich bemerkten das sofort. Von seiner Selbstsicherheit, die er noch am Morgen ausgestrahlt hatte, war nichts mehr über. Dann beichtete er uns, dass er keine Familie habe und alleine auf der Straße wohnen würde. Das schockierte Paul und mich natürlich sehr und wir überlegten lange, was wir mit dem Jungen tun konnten. In ein Heim? Nein, das war keine gute Idee. Und dann fiel uns Schwester Clara ein, die Nonne, die eigentlich Polizistin war. Wir hatten gehört, dass sie inzwischen geheiratet hatte, aber leider keine eigenen Kinder bekommen konnte. Vielleicht hatte sie ja Platz für den Jungen von der Straße – in ihrem Haus und in ihrem Herzen.

Und das hatte Clara tatsächlich. Sie und ihr Mann waren begeistert, einem armen Waisenkind ein neues Zuhause geben zu können. So hatten Paul und ich wieder einmal einen Auftrag ganz im Sinne des Katzengottes zu Ende gebracht.

20

Endlich hatten wir Zeit zum Entspannen! Wir beschlossen, einen Strandurlaub mit schön viel Sonne zu buchen. Und dann passierten Dinge, die ich, Zaubermaus, gar nicht richtig mitbekam. Deshalb soll Paul sie hier erzählen ...

Zaubermaus und ich waren in Menschengestalt unterwegs, denn kein Reisebüro der Welt hätte einer Katze und einer Maus einen Urlaub vermittelt. Zaubermaus war dieses Mal als hübsche junge Blondine unterwegs und ich als ihr jugendlicher Freund. Wenn wir am Strand waren, sah Zaubermaus richtig sexy in ihren knappen Bikini aus. Wenn ich das als ihr guter Freund mal so sagen darf. Aber leider war ich nicht der Einzige, dem das aufgefallen war. Viele Männer guckten Zaubermaus an, was mir natürlich nicht gefiel. Ich hatte aber auch bemerkt, dass sich Zaubermaus in den letzten Tagen verändert hatte. Manchmal war sie vollkommen abwesend. Mich beachtete Zaubermaus kaum noch und dann war da noch dieser eine Typ, dem sie sich immer wieder um den Hals warf und ihn leidenschaftlich küsste.

Aber was sollte ich nur tun? Ja, sie hatte sich nach so vielen Monaten hier auf der Erde mit so unendlich vielen Missionen einen Urlaub redlich verdient – und ich natürlich auch, auch wenn ich hier unten noch nicht ganz so lange unterwegs war. Allerdings fragte ich mich oft genug in diesen Tag, was sie an dem Typen, mit dem sie da rumknutschte, überhaupt fand. Mir blieb nichts anderes übrig, als ihm zu folgen, um zu sehen, was er so trieb, wenn er nicht gerade mit Zaubermaus unterwegs war oder am Strand hockte.

Also schlich ich mich eines Nachts aus meinem Zimmer, um Nachforschungen anzustellen. Und das, was ich herausfand, gefiel mir gar nicht. Ich hörte nämlich ein Gespräch mit, in dem er sagte, dass alles nach Plan verlaufen würde und die süße Schnecke ganz auf ihn abfahren würde. Meinte der Typ Zaubermaus? Und was für ein Plan? Mir wurde ganz anders, als ich das so mitbekommen hatte. Sollte ich es Zaubermaus erzählen? Ich wusste es nicht!

Die Nacht ging vorbei, draußen wurde es langsam wieder hell und Zaubermaus tummelte sich schon wieder unten am Strand – und das wieder mit dem Typen, sie schmiss sich förmlich an seinen Hals. Hat sich Zaubermaus hier auf Erden vielleicht verliebt? Das verstieß komplett gegen alle Regeln, die der Katzengott für unseren Besuch hier aufgestellt hatte. Und überhaupt – was sollte aus unseren Aufträgen werden? Nun ja, wir hatten zurzeit zum Glück keine, also zumindest keine, von denen ich wusste. Ich machte mir richtige Sorgen um sie.

Eines Abends rief mich Zaubermaus zu sich in ihr Zimmer. Sie sagte auf einmal: „Paul, ich werde heiraten."

„Bitte was?", rutschte es mir vor Schreck raus. Ich dachte, ich hätte mich verhört.

„Du hast richtig gehört", betonte sie noch einmal, „ich werde heiraten!"

Ich war geschockt. „Du weißt schon, dass das nicht geht", sagte ich nach einer Weile. „Das verstößt gegen alle Regeln, die uns unser Boss mit auf den Weg gegeben hat."

Doch Zaubermaus antwortet nur: „Mach dir keinen Kopf, Paul, es geht alles!"

Ich war verzweifelt, dann aber fiel mir das Gespräch ein, das ich belauscht hatte. „Zaubermaus, du musst mir jetzt genau zuhören. Der Typ, den du heiraten willst, ist nicht gut für dich. Er hat etwas vor, was dir und mir schaden wird."

Sie schaute mich böse an. „Dieser *Typ* heißt Drago und ist ein wundervoller Mann. Wenn dir was nicht passt, dann geh!"

Ich flehte Zaubermaus noch einmal an: „Bitte glaub mir! Er will uns nur auseinanderbringen."

Zaubermaus lachte nur und erwiderte: „Paul, ruh dich aus und genieße den Urlaub. Das tue ich auch."

„Zaubermaus, was wird nun aus unseren nächsten Aufträgen, wenn du heiraten willst."

„Wie du bereits mitbekommen hast, haben wir zurzeit keinen Auftrag und ich würde vorschlagen, dass du jetzt erst mal gehst! Geh an die Bar und trink was!"

Ich ging tatsächlich, denn es wurde mir zu viel, aber ich ging nicht an die Bar. Ich hatte ein ganz mieses Gefühl und meine Angst um Zaubermaus war groß. Oder bildete ich mir doch nur alles ein? Warum konnte ich Zaubermaus nicht von ihrem Vorhaben abbringen? Ich ging voller Entschlossenheit zurück zu ihrem Zimmer und klopfte energisch gegen ihre Tür. Doch als sie sich nicht meldete, brach ich kurzerhand die Tür auf. Gut, dass ich meine Scheckkarte immer in der Hosentasche habe.

Das Zimmer von Zaubermaus sah vollkommen verwüstet aus, als ob es einen riesigen Kampf gegeben hätte. Ich sah einen Zettel auf dem Boden liegen, auf dem stand:

Ihr hättet uns nicht laufen lassen sollen!

Meine kleinen, grauen Zellen arbeiteten fieberhaft. Wen hatten wir laufenlassen? Mein Zorn wurde groß, als es mir einfiel. Diese komischen Brüder der Bruderschaft, die uns vor einiger Zeit im Rauch auf mysteriöse Weise verschwunden waren. Also war das Ganze doch kein Halloweenscherz gewesen. Ich war verzweifelt, denn ich stand ganz alleine vor einer fast unlösbaren Aufgabe. In so einer Situation war ich noch nie, zumindest nicht hier auf Erden. Ich musste Zaubermaus retten. Das war *mein* nächster Auftrag ...

Die Frage war jetzt: Wo war Zaubermaus? Ich setze mich auf einen Stuhl und versuchte, erst einmal meine Gedanken zu sammeln. Wie sagte sie immer zu mir? „Es sind unsere Gedanken, die uns zusammenschweißen." Ich schloss meine Augen und versuchte, mich zu konzentrieren. Ich glaubte es nicht. Im Unterbewusstsein spürte ich tatsächlich etwas! Und dann sah ich vor meinem inneren Auge Zaubermaus gefesselt und geknebelt in einem riesigen Raum. Neben ihr stand Drago. Er schrie rum und sagte: „Los, zeig mir deine Macht! Zeig mir, was du drauf hast!"

Ich flüsterte leise: „Zaubermaus, ich bin in deinen Gedanken, warte, ich komm dich holen."

Doch ich spürte, wie sie „Nein" sagte, ich solle es lassen. Sie flehte mich an. Aber mein Zorn auf diesen Drago und seine scheinheiligen Brüder wurde immer größer und größer, ich glaubte, Zaubermaus wusste instinktiv, was mit mir passieren würde, wenn ich so wütend wurde.

Ich spürte, wie sich mein Körper veränderte, mir wurde auf einmal sehr heiß. Wäre die Situation nicht so gefährlich gewesen, hätte ich gelacht und gesagt: „Das sind die Gene meines Vaters." Aber dazu war hier alles viel zu ernst.

Plötzlich war Zaubermaus verschwunden. Ich hatte in Gedanken nicht aufgepasst, so was Blödes! Dann sah ich in dem Raum, in dem Zaubermaus zuvor gesessen hatte eine riesige Tür. Ich fragte mich, warum ich die nicht vorher gesehen hatte? Nun musste ich alles auf eine Karte setzen und meine kleine, bis dahin geheim gehaltene Geheimwaffe einsetzen. Mein Vater, der Katzenteufel, hatte mir nämlich vor meinem Weggang außer ein paar guten Worten auch eine gute Gabe mit auf den Weg gegeben. Und auch die sollte ich nur einsetzen, so seine Worte, wenn es gar nicht mehr anders ging.

In solch einer Situation befand ich mich jetzt. Ich konnte Zaubermaus zwar in Gedanken folgen, wusste aber nicht, wo sie hier an unserem Urlaubsort versteckt war. Und ich hatte keine Zeit mehr, lange danach zu forschen. Also setzte ich die ungeheure Kraft meines Vaters ein ... und ließ meinen Körper meinen Gedanken folgen.

Einen Wimpernschlag später stand ich in dem Raum, in dem ich Zaubermaus zuletzt gesehen hatte. Ich schaute mich um, fand auch gleich die Tür, die ich gesehen hatte und öffnete sie. Zaubermaus lebte, Gott sei Dank! Sie saß genau in der Mitte des Raumes. Ich ging zu ihr und wollte sie gerade losbinden, als mich von hinten irgendetwas traf.

Ich drehte mich um ... und vor mir stand Drago!

Er rief: „Da haben wir euch zwei Superhelden ja ganz schön an der Nase herumgeführt!“ Er lachte laut. „Na, Paul, bist bereit, ins Gras zu beißen?“, fragte er mich neckend.

Mein Zorn wurde stärker und stärker und in mir loderte plötzlich das Feuer wieder, das ich aus meiner Höllenzeit nur zu gut kannte. Insgeheim dankte ich meinem Vater ... und verwandelte mich vor Dragos Augen in den Leibhaftigen persönlich.

„Endlich sehe ich dich in der richtigen Gestalt!“, schrie Drago hysterisch.

Meine Wut war so groß, dass ich ihn mir griff. Ich war gerade dabei, ihm den Hals umzudrehen, als Zaubermaus rief: „Paul, tu das nicht, wenn du das tust, bist du nicht besser als er und seine Bruderschaft.“

Ich drehte mich zu ihr und antwortete: „Zaubermaus, dieses Mal höre ich nicht auf dich!“

Drago lachte noch einmal und sagte: „Du bist viel zu feige, um mich zu töten!“

Falsche Antwort, denn wenige Minuten später hauchte er sein Leben aus. Dann ging ich zu Zaubermaus. Sie war glücklich, gerettet zu sein, auch wenn sie meine Tat nicht gutheißen konnte. Doch noch bevor wir uns über alles, was geschehen war, weiter austauschen konnten, erschien ein heller Lichtstrahl in dem Raum, in dem wir uns befanden.

Plötzlich hörten wir eine Stimme, die wir nur zu gut kannten. Der Katzengott persönlich erschien. „Zaubermaus du hast gegen alle Regel verstoßen. Ich nehme dich mit, dein Auftrag hier auf Erden ist beendet. Du wirst mit haarklein oben im Katzenhimmel erzählen, was hier untern passiert ist und was es mit diesem Drago, deiner Liebschaft und der Bruderschaft auf sich hat. Du wirst für alles, was hier unten auf Erden passiert ist, Rechenschaft ablegen müssen.

Dann wurde das Licht noch einmal gleißend hell und ich sah, wie sich Zaubermaus, dieses Mal als wunderschöne weiße Katze, langsam in diesem Licht auflöste.

Leise höre ich sie flüstern: „Paul ich komm wieder, ich verspreche es. Warte auf …"

Doch sie konnte ihren Satz nicht mehr beenden, denn Zaubermaus hatte sich in dem hellen Lichtschein völlig aufgelöst.

Ich war alleine.

Der Autor

Ingo Schorler: Jahrgang 1967, schreibt seit etwa einem Jahr Geschichten über Zaubermaus. Er ist Schulhausmeister und arbeitet seit 1990 im öffentlichen Dienst.

Unser Buchtipp

Ingo Schorler
Zaubermaus im Katzenhimmel
ISBN: 978-3-86196-755-2 - Band 1
Taschenbuch, 120 Seiten

Als Zaubermaus stirbt und in den Katzenhimmel kommt, ahnt sie noch nicht, dass hier alles andere als Harmonie und Freude herrscht. Denn der Katzenhimmel ist in Gefahr: Eine unbekannt, grauenvoll böse Macht versucht, das Reich des Katzengottes zu unterwerfen.

Zaubermaus und ihre neuen Freunde haben alle Hände voll zu tun, um sechs goldene Schlüssel zu finden. Eine magische Reise durch den Katzenhimmel beginnt und bringt so manches gefährliche Abenteuer mit sich.

Werden es die Freunde schaffen, das Schicksal zu wenden?

Vorschau

Ingo Schorler
Zaubermaus – Ein Katzenengel zurück auf Erden
ISBN: 978-3-86196-983-9 - Band 3
Taschenbuch, 120 Seiten

Im gleißenden Lichtstrahl des Katzengottes hatte Zaubermaus die Erde verlassen müssen, nachdem ihr Freund Paul Drago getötet hatte. Nun war Paul ganz alleine auf der Erde, um ihre gemeinsame Mission zu erfüllen.

Doch Paul scheitert kläglich und ist bald ganz unten, dabei gibt es auf der Erde noch jede Menge zu tun für den Katzenengel Zaubermaus und ihren Freund Paul. Ob der Katzengott ein Einsehen haben wird? Gibt er Zaubermaus eine zweite Chance? Und welche neuen Aufgaben werden die beiden Freunde wohl dann auf Erden erfüllen müssen?

www.ingramcontent.com/pod-product-compliance
Lightning Source LLC
LaVergne TN
LVHW091326190726
843491LV00002B/586